Lehrer, ihr müsst schreiben lernen!

Lehrer, ihr müsst schreiben lernen!

Warum lernen wir in der Schule nicht, uns verständlich und wirkungsvoll auszudrücken? Und warum müssen wir es sogar verlernen? Eine Reise

Von Markus Franz

Hallo

Die Lehrer einer an sich sympathischen Schule in Baden-Württemberg finden nicht, dass sie für schlechte Sprache verantwortlich sind. Schuld sind: die Eltern, die Schüler und auch die Fußballprofis.

In meiner alten Schule erfreue ich mich sowohl an romantischen Erinnerungen als auch an der Lust der Schüler, sich kritisch auseinanderzusetzen.

Eine Schülerin zeigt, wie gut sie schreiben kann, wenn sie frei schreiben darf. Aber erst mal müssen Sie sich durch eine Klausur durcharbeiten.

Ich darf eine Klasse unterrichten. Zwei Tage lang. Um zu zeigen, dass ich es besser kann. Ha, klarer Fall von Selbstüberschätzung. Ein Schüler macht mich erst hinterher froh.

Vom Meister der Hauptsätze, E.A. Rauter, stammt der Satz: »Alles Überflüssige schadet der Aufmerksamkeit.« In diesem Sinne fasse ich mein Buch in Hauptsätzen zusammen, die ich gefettet habe.

Hallo

Sie kennen das vielleicht. Sie liegen nachts wach, Sie fühlen Wut in sich aufsteigen, Sie werden immer wütender, immer wacher. Irgendwann hilft nur noch aufzustehen und eine Runde um den Block zu gehen. Ich wurde zunehmend wütender auf die vielen Lehrer, Professoren, Funktionäre und Politiker, die mich für dieses Projekt hängen ließen.

Ein Projekt, das sie schließlich alle angeht: dass wir schon in der Schule lernen, gut zu schreiben. Mit »gut« meine ich verständlich und wirkungsvoll. Denn das lernen wir in der Schule nicht. Oder haben Sie den Eindruck, unsere Politiker, Gewerkschafter, Juristen, Mediziner, Bürokraten, Schreiber von Bedienungsanleitungen und Beipackzetteln könnten es?

Woher auch? Nicht nur, dass sie es nicht lernen. Sie verlernen es sogar. In der weiterführenden Schule und erst recht in der Universität. Das versuche ich, in diesem Buch zu belegen.

Ich adressiere Lehrer, richte mich aber nicht gegen sie. Sie verhalten sich, wie man es von ihnen verlangt. Aber wo sollte man ansetzen, wenn nicht bei den Lehrern? Nur wenn sie lernen, gut zu schreiben, können sie es auch vermitteln. Deshalb der Titel dieses Buches.

Zugegeben: Ich habe es den Lehrern nicht leicht gemacht. Unumwunden konfrontierte ich sie mit dem Titel meines Buches: »Lehrer, ihr müsst schreiben lernen«. Ich verstehe, dass da einige zusammenzuckten. Außerdem fragten sie sich sicherlich: Markus Franz – wer? Es ist ja auch niemand verpflichtet, sich mit mir abzugeben.

Von Anfang an war ich gewarnt. Meine eigene Schwester warf mir vor, mich zu verrennen. Lehrer müssten doch gar nicht gut schreiben können, sondern vor allem bewerten. Außerdem mache Sprache nur einen Teil des Unterrichts aus. Sie ist Deutschlehrerin. Die Frau eines Freundes, auch eine Lehrerin, winkte ab. Gute Sprache? Sie sei schon froh, wenn die Schüler halbwegs Rechtschreibung und Grammatik beherrschten. Na ja, dachte ich, wird halt kein Spaziergang. Dann lehnte ein Lehrergespann ein Gespräch über ihr Lehrerhandbuch zu dem Roman »Tschick« ab. Da war ich noch amüsiert darüber, wie man so ignorant sein kann. Aber so ging es weiter. Ein für seine Blogs bekannter Lehrer antwortete auf meine Bitte nach einem Gespräch: ***»Was habe ich davon?«***

Verblüffend viele meiner Mails an Lehrer und Lehrerverbände blieben ohne Antwort. Dreimal schrieb ich dem Vorsitzenden des Philologenverbandes Heinz-Peter Meidinger: zwei Mails, einen Brief. Keine Reaktion.

Andere rührten sich, wenn ich nachhakte, lobten das Thema als sehr interessant, lehnten ein Gespräch dennoch ab. Nie sagte jemand: ***»Kein Interesse.«*** Meist hieß es: ***»Leider keine Zeit.«*** Das hätte mal Altkanzler Schröder hören sollen, der Lehrer als »faule Säcke« bezeichnete. Ich stimme ihm ausdrücklich nicht zu.

Woran liegt's? Ein Lehrer sagte: ***»Lehrer sind noch nie als besonders selbstkritisch aufgefallen.«***
Ein Professor erklärte: ***»Lehrer wollen das letzte Wort haben. Das ist systemisch. Das hat mit der Macht zu tun, die Lehrer haben.«***

Ein Funktionär des Bildungssystems gab zu: ***»Wir haben Angst vor Ihnen.«***
Warum?
»Weil Sie alles infrage stellen, was wir tun.«
Ein Professor sagte mir: ***»Schreiben können ist eine Grundkompetenz für Lehrer. Deshalb haben sie Angst, sich zu outen, dass sie es nicht können.«***

Zum Glück ließen sich doch noch Lehrer mit mir ein. Rund zwei Jahre brauchte ich, bis ich das Gefühl hatte, jetzt habe ich genug Stimmen zusammen. Im Januar 2015 konnte ich zum ersten Mal mit Lehrern eines Gymnasiums sprechen. Sie erwiesen sich als erstaunlich selbstkritisch. Und räumten ein, woran ich nicht mal ansatzweise gedacht hatte: ***»Wir müssen den Schülern gutes Schreiben abtrainieren. Nur so können sie im Abitur gute Noten kriegen.«***

Weniger selbstkritisch waren die Lehrer an einer mir sympathischen Schule in Baden-Württemberg. Sie teilten meine Kritik an schlechter Sprache, gaben die Verantwortung aber weiter: an die Eltern und die Schüler. Und sogar an die Fußballprofis, weil die so langweilige Interviews geben.

Besonders dankbar bin ich der Fritz-Karsen-Schule in Berlin-Neukölln, die mich eine 11. Klasse zwei Tage lang Deutsch unterrichten ließ. Ohne Aufsicht. Danach war ich geschafft. Ich weiß seitdem besser, was Lehrer leisten müssen.

Eine Schule hat mich glücklich gemacht. Wenngleich mir dadurch bewusst wurde, wie ungerecht es in unserem Schulsystem zugeht. In dieser Schule in Potsdam ahnt man vom ersten Moment an, dass diese Kinder bessere Chancen haben, ihre Talente zu entwickeln. Hier lernen sie es: das Schreiben.

Nicht jede Schule, die in diesem Buch vorkommt, darf ich beim Namen nennen. Auch viele Lehrer nicht, mit denen ich gesprochen habe. Sie hatten Sätze gesagt wie die folgenden:
»Lehrer können nicht schreiben.«
»Ich gebe zu: Ich kann nicht schreiben. Wo kann man das lernen?«
»Gute Sprache spielt bei uns keine Rolle.«
»Den Schülern wird systematisch beigebracht, inhaltsleer zu schreiben.«
»Wir verwenden viel Zeit darauf, die Schüler an die Texte anzupassen.«
»Unser Schulsystem produziert unterwürfige Handlungsgehilfen.«
»Alle, die sich von der 7. bis 9. Klasse nicht an den Code des Gymnasiums angepasst haben, sind raus.«

In der Regel habe ich meine Texte mit den Betreffenden abgestimmt. Auch mit denen, die ich nicht namentlich nenne. Nicht abgestimmt habe ich meine Analyse des Buches »Schreibkompetenz beurteilen« mit dem Autor, einem einflussreichen Professor für deutsche Sprache, der keine Zeit fand, mich zu treffen. Beim Lesen seines Werkes kam ich mir dumm vor, weil ich vieles nicht verstand und vieles nur mit Mühe.

Solch ein Gefühl will ich Ihnen ersparen. Dieses Buch ist kein wissenschaftliches Buch. Es will gelesen und verstanden werden. Es will eine gesellschaftliche Debatte über unsere Sprache anzetteln. Deshalb tritt es Leuten auf die Füße. Denjenigen, die ein

System am Laufen halten, das dazu führt, dass wir in Deutschland so schlecht schreiben.

Sie haben es sicher schon gemerkt: Ich schreibe nicht von »Lehrerinnen und Lehrern«, sondern von »Lehrern«. Mein wohlwollender Lektor hat mir nach langem Hin und Her geholfen, mich gegen das »Gendern« zu entscheiden. Er sagte, es passe nicht zu meinem Stil. Zu den kurzen, drängenden Sätzen.

Inzwischen kann ich wieder ruhig schlafen. Ich hoffe, dass ich mit diesem Buch meinerseits ein paar wichtige Leute um den Schlaf bringe. Weil sie nachts, tagsüber haben sie ja keine Zeit, ins Grübeln verfallen. Darüber, ob wir in der Schule wirklich lernen, effektiv zu schreiben. Darüber, ob wir mit unserer wissenschaftlich geprägten Sprache nicht zu viele Menschen ausgrenzen. Darüber, ob wir uns mit den genormten Anforderungen im Unterricht nicht unserer Kreativität berauben.

Dabei wird unweigerlich die unangenehme Frage auftauchen: Kann ich als Lehrer überhaupt lehren, was ich lehren sollte? Ich habe das ja selber nicht gelernt. Keine Angst. So schwer ist das Schreiben gar nicht. In diesem Buch versuche ich, es auf ein paar Seiten zu erklären. Sicherheitshalber können Sie Wolf Schneiders »Deutsch für Profis« lesen. Da steht seit Jahrzehnten alles drin.

Gutes Schreiben scheint mir wichtiger denn je zu sein. Um den Populisten auch sprachlich mehr entgegenzusetzen. Also lasst uns gemeinsam daran arbeiten, dass wir verständlicher und wirkungsvoller schreiben. Uns zuliebe, unseren Leserinnen und Lesern zuliebe.

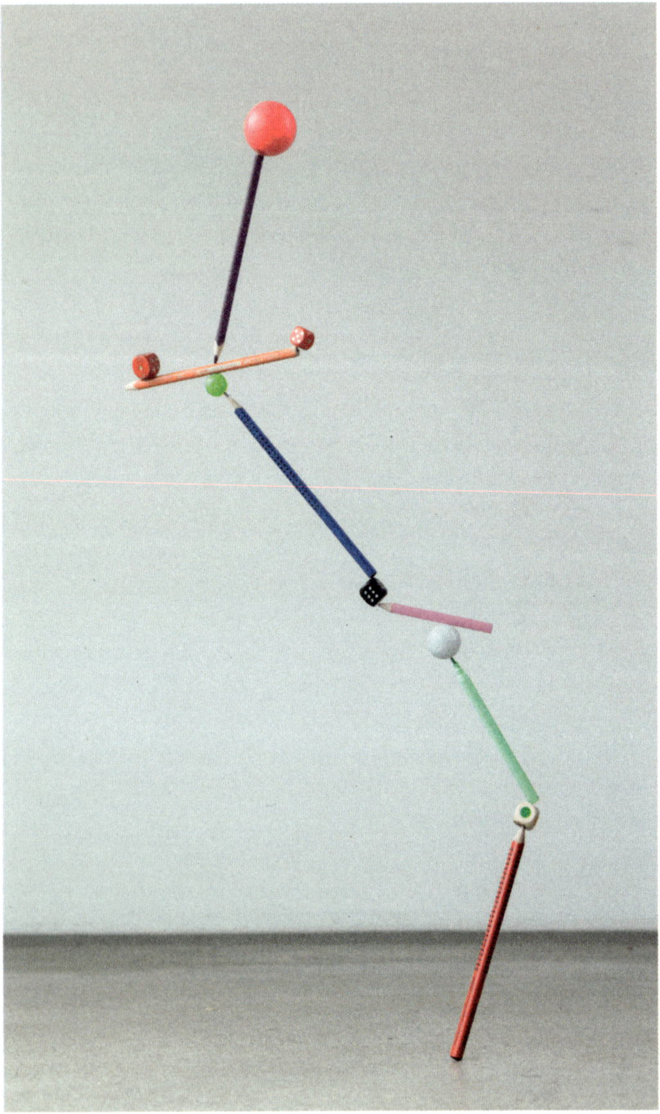

LEHRER, IHR MÜSST SCHREIBEN LERNEN!

Wie wir schreiben

1. Wie wir schreiben

1.1 Verdammt schlecht

Es ist zum Verzweifeln, wie umständlich, bürokratisch, elitär und schlichtweg langweilig wir Deutschen schreiben. Bitte lassen Sie sich provozieren.

Sind Sie Politiker? Sie können nicht schreiben.
Sind Sie Gewerkschafter? Sie können nicht schreiben.
Sind Sie Unternehmer? Sie können nicht schreiben.
Sind Sie Jurist? Sie können nicht schreiben.
Sind Sie Wissenschaftler? Sie können erst recht nicht schreiben.
Sind Sie Deutschlehrer? Sie können leider auch nicht schreiben.

Und wo ist die Pointe? Es gibt keine Pointe. Ich meine es bitterernst. Sie können nicht schreiben.

Halt. Jetzt nicht einfach nur ironisch die Augenbrauen heben. Oder genervt die Augen verdrehen und denken: Der spinnt ja. Lassen Sie sich darauf ein.

Können Sie wirklich schreiben? So, dass man Sie gerne liest? Dass die Leser keine Mühe haben, Ihnen zu folgen? Dass Ihre Botschaft klar herauskommt? Dass es sich lohnt, Ihre Texte zu lesen? Denn das beabsichtigen Sie doch wohl hoffentlich.

Oder wollen Sie sich damit herausreden, dass Sie nicht für jedermann schreiben, sondern nur für Ihresgleichen? Sind Sie so elitär? Oder bequem? Oder einfach nur gedankenlos?

Aber es gibt doch »adressatenbezogenes« Schreiben, sagen Sie. Klar. Aber ist das ein Freibrief für alles? Warum umständlich? Warum überladen? Warum missverständlich? Warum schreiben Sie nicht einfach verständlich?

Immer wieder höre ich: Weil es sonst so anspruchslos klingt, nicht »intellektuell«. Empörend! Wer das sagt, täuscht Intellektualität nur vor. Ob man was zu sagen hat, lässt sich am besten beurteilen, wenn man sich verständlich ausdrückt. Die Erfahrung zeigt: Wer sich schwer verständlich ausdrückt, hat eher wenig zu sagen. Denn so blöd kann man doch gar nicht sein, Wichtiges zu verklausulieren.

Die Realität sieht traurig aus. Wie oft haben Sie ein juristisches Schreiben mit dem Gefühl gelesen, wirklich alles verstanden zu haben? Verstehen Sie, was Ihr Arzt aufschreibt? Verstehen Sie Bedienungsanleitungen? Verstehen Sie Schreiben von Behörden?

Wie viele gute Reden haben Sie in Ihrem Leben gehört? Kann man Ihnen guten Gewissens raten, sich die Reden im Deutschen Bundestag anzuhören? Sie sind skandalös schlecht. Dabei müssten sie ausgesprochen gut sein. Erhard Eppler sagte zu Recht: ***»Politik vollzieht sich in Sprache.«***

Haben Sie schon mal ein gut geschriebenes Parteiprogramm gelesen? Außer dem Godesberger Programm der SPD von 1959? Haben Sie schon mal eine gut geschriebene Broschüre der Gewerkschaften gelesen? Oder eine gute Mitarbeiterzeitung von Unternehmen? Wer kann von sich behaupten, eines dieser Werke gerne bis zu Ende gelesen zu haben? Sie sind schwafelig, umständlich, schwer zu verstehen.

Die Funktionäre der genannten Institutionen, meist Studierte, richten sich hauptsächlich an ihresgleichen. Sie schreiben für eine Minderheit. Ja, auch Gewerkschafter, die doch eigentlich zum Volk sprechen sollten. Sie gebrauchen Wörter wie ***»Austerität«***, ***»Hegemonie«***, ***»Multilateralität«***, ***»Implementierung«*** und so weiter. Müssen Leser das wirklich verstehen? Wozu dieser Code für Eingeweihte, der andere Menschen ausschließt? Der sie als Trottel erscheinen lässt?

Mich wundert nicht, dass Populisten Zulauf haben, in Deutschland und anderswo. Und dass so viele Menschen nicht wählen gehen. Es hat auch mit der Sprache zu tun. Menschen wollen ernst genommen werden, sie wollen respektiert werden. Wer sie überfordert, verliert sie.

Übertreibe ich? Ich räume ein: Ich tue vielen unrecht. Und wirke überheblich. Das nehme ich widerstrebend in Kauf. Aber es ist kein Beleg dafür, dass ich unrecht habe.

Fragen Sie sich mal, warum Sie diesen Text noch lesen, obwohl 140 Zeichen längst vorbei sind. Weil die Sätze kurz sind. Weil sie nicht verschachtelt sind. Weil sie keine Wortungetüme enthalten und kaum Fremdwörter. Weil Sie leicht folgen können. Weil dieser Text Sie anspricht. Weil er eine Botschaft enthält. Weil er engagiert ist. Weil Sie gespannt sind, wie's weitergeht. Zusammenfassend könnte man sagen: Weil ich mich darum bemühe, dass Sie Satz für Satz weiterlesen. Ja, ich gebe mir Mühe mit Ihnen. Ich kämpfe um Sie mit jedem Satz.

Ich habe lange nicht mehr von Lehrern gesprochen. Die können einiges dafür, dass wir nicht besser schreiben. Denn wenn sie schreiben könnten, könnten wir alle es vielleicht auch. Schreiben muss gelernt werden, wie alles, worin man gut sein will. Wieso lernen wir es dann nicht? In der Schule lernen wir es nicht. Oder hat Ihnen ein Lehrer beigebracht, verständlich und wirkungsvoll zu schreiben?

Schauen Sie sich mal Musterlösungen von Abiturarbeiten im Deutsch-Leistungskurs an. Zum Beispiel aus »Abitur 2014, Prüfungsaufgaben mit Lösungen für Deutsch Leistungskurs in Nordrhein-Westfalen«. Die beginnen so:

»Wolfgang Koeppen, der zu Beginn der fünfziger Jahre des 20. Jahrhunderts mit drei Romanen hervortrat (›Tauben im Gras‹, 1951; ›das Treibhaus‹, 1953; ›Tod in Rom‹, 1954), in denen er seine – weitgehend pessimistische – Sicht der Nachkriegszeit gestaltete, wurde 1962 mit dem Büchner-Preis, der höchsten literarischen Auszeichnung der Bundesrepublik, geehrt.«

Zu lang, zu verschachtelt, zu überladen. So schreiben wir dann später im Beruf.

Ich fordere deshalb: Lehrer, ihr müsst schreiben lernen! Die Ausbilder von Lehrern müssen schreiben lernen. Die Professoren, die Lehrer schulen, müssen schreiben lernen.

Wir sollten uns als Gesellschaft fragen: Wollen wir uns weiterhin so viel Zeit stehlen lassen mit langatmigen Texten und Reden? Wollen wir weiterhin so viele Menschen ausgrenzen? Wollen wir uns weiterhin leisten, missverstanden zu werden?

Ahnen Sie eigentlich, wie sehr Sie sich mit schlechten Texten schaden? Und welche Chancen Sie damit vertun? Ihr Text entscheidet darüber, ob Sie als Bürokrat, als eingebildeter Affe oder als Langweiler wahrgenommen werden. Oder ob als aufgeschlossen, klug und unterhaltsam – einfach als »gute Frau« oder »guter Mann«.

So weit mein erster Text für dieses Buch. Ich schickte ihn der Vorsitzenden des Fachverbands Deutsch im Deutschen Germanistenverband, Dr. Beate Kennedy. Mit ihr hatte ich kurz zuvor schriftlich Kontakt aufgenommen. Sie hatte ermutigend geantwortet:

»Die Frage, die Sie stellen, ist interessant: Warum können (in Deutschland) jahrelang und oft sogar auf hohem Niveau ausgebildete Menschen nicht wirkungsvoll schreiben? (Wolf Schneider hat dies auch schon beklagt, übrigens.) Die zweite Frage: Können sie es lernen? Ihre Beobachtungen lassen Sie am Ort dieses Lernens zweifeln: dem Deutschunterricht an deutschen Schulen. Hier kommt unser Verband, komme ich ins Spiel. Wann würde Ihnen ein Telefonat passen?«

Wenig später hatte ich Frau Kennedy an der Strippe. Ich fragte, wie sie meinen Text findet. Schließlich, sagte ich, wirkt der nicht gerade sympathisch, sondern eher anmaßend und überheblich. Ob das nicht kontraproduktiv sei? Frau Kennedy antwortete: ***»Das ist doch feige. Stehen Sie zu Ihrem Text.«***

Recht hat sie. Ich ziehe das jetzt so durch. Danke, Frau Kennedy.

1.2 Treffer, versenkt

Falls Sie glauben sollten, so schlecht schreiben wir Deutschen doch gar nicht, gebe ich Ihnen ein paar Beispiele. Ihr Berufs-

stand ist wahrscheinlich auch dabei. Die Beispiele lasse ich von Experten kommentieren.

So schreiben Bildungssenatoren

Ende März 2017 erhalte ich eine Mail mit dem Betreff »Treffer«. Sie ist von einer Kollegin, die von meinem Buchprojekt weiß. Sie schickt mir einen Bericht über die Bremer Bildungssenatorin Claudia Bogedan. In einem Interview mit der »Zeit« gesteht sie, dass sie die Schreiben ihrer eigenen Behörde nicht versteht. Konkret ging es um einen Brief an Eltern. Bogedan: ***»Als ich neulich das Schreiben las, mit dem mein Sohn wie alle Kinder ein Jahr vor der Einschulung zum Sprachtest geladen wurde, dachte ich: Hä, was muss ich jetzt machen?«*** Die Senatorin ließ das Schreiben ändern.

Dazu Karl Popper: ***»Wer's nicht einfach und klar sagen kann, der soll schweigen und weiterarbeiten, bis er's klar sagen kann.«***

Das gilt auch für ein Schreiben des Berliner Senats an Lehrer, über das ich im Mai 2016 in der »Berliner Zeitung« las, unter der Überschrift: »Sinnfreie Post aus der Parallelwelt«. Es ging um einen Tarifabschluss und seine Folgen für die Lehrer. Das Schreiben des Senats endete mit dem Satz:

»Bedenken Sie, dass es sich bei der Entgeltordnung für Lehrkräfte, den dazugehörigen Eingruppierungsvorschriften und den Überleitungsregelungen um ein insgesamt hochkomplexes Tarifwerk handelt. Informationen wie die vorstehenden können lediglich allgemeinverständliche Hinweise zu den Auswirkungen der Tarifvorschriften geben und sind keinesfalls vollständig.«

Die »Berliner Zeitung« fragte daraufhin: ***»Und nun?«***

So schreiben Kultusminister

Zum Beispiel der bayerische Kultusminister Ludwig Spaenle im Vorwort einer Broschüre, in der er sich an die ***»Lieben Schülerinnen und Schüler«*** richtet. Da heißt es:

»Im Wissenschaftspropädeutischen Seminar und im Projekt-Seminar zur Studien- und Berufsorientierung erhalten Sie die Chance, Ihre personalen, sozialen und methodischen Kompetenzen systematisch weiterzuentwickeln und sich intensiv auf den Übergang zur Hochschule bzw. in eine Berufsausbildung vorzubereiten.«

Dazu Erich Dombrowski, ehemaliger Mitherausgeber der »FAZ«: ***»Ihr müsst so schreiben, daß euch die Marktfrau am Dom versteht, der Winzer in Rheinhessen das Blatt lesenswert findet und auch der Universitätsprofessor euch ernst nimmt.«*** Vergessen hat Dombrowski: und so, dass die lieben Schülerinnen und Schüler sich auch wirklich angesprochen fühlen.

So schreiben Hausmeister

Als meine Tochter eingeschult wurde, hing im Festsaal ein Zettel an der Tür. Darauf stand: ***»Bitte unbedingt bei Verlassen der Mietung die Tür schließen.«*** Ich ging zu einem Lehrer, zeigte auf das Schild und sagte: »Sie glauben doch nicht, dass ich meine Tochter auf eine Schule gehen lasse, wo so ein Deutsch geschrieben wird.« Der Lehrer lachte und nahm das Schild ab.

Robert Louis Stevenson dazu: ***»Es gibt nur eine Kunst: das Weglassen! Oh, wenn ich nur das Weglassen beherrschte, ich würde sonst nichts wissen wollen.«***

Den Gefallen können wir ihm tun: ***»Bitte Tür schließen.«***

So schreiben Dozenten der Erwachsenenbildung

»Ich möchte Ihnen jetzt das Prinzip der Binnendifferenzierung vorstellen.
In jeder Veranstaltung der Erwachsenen- und Weiterbildung finden Lehrende Menschen vor, die unterschiedliches Vorwissen, unterschiedliche Interessen und eine unterschiedliche Motivation für den Kurs oder das Seminar mitbringen. Mit standarisierten, für alle Teilnehmenden gleich gestalteten Inhalten und Lernzielen kommt man da als Lehrender nicht weiter, man muss differenzieren. Das gilt nicht nur für die Gruppe der Geringqualifizierten, auf die in diesem Wissensbaustein der Schwerpunkt gelegt wird.«

Dazu rate ich, wie Heinrich Böll es ausdrückt, Sprache ***»bewohnbar«*** zu machen. In diesem Geist schlage ich vor, den obigen Text wie folgt umzuschreiben:

»Ein ganz normales Seminar der Weiterbildung. Bine meldet sich ständig. Maik hält ein Nickerchen. Karim schreibt mit. Marion bastelt Papierflieger. Fritzi liest einen Text in zehn Minuten. Mahasouk braucht dafür eine halbe Stunde. Menschen sind unterschiedlich. Unterschiedlich begabt, unterschiedlich motiviert. Mit 0815 kommen Sie als Trainer nicht weit. Differenzieren Sie. Fördern Sie individuell. Geben Sie

unterschiedliche Aufgaben, seien Sie mal streng, mal weniger. Das nennt sich ›Binnendifferenzierung‹.«

So schreiben Soziologen

»[…] in diesem Sinne ist die Theorie der Weltrisikogesellschaft auf globale institutionelle Faktoren und Transformationsprozesse ausgerichtet, die aufzuzeigen versucht, wie sich globale Risiken durchsetzen in den einzelnen Ländern und Regionen und wie auf diese Weise dann auch die Schematik, die Axiomatik von nationalstaatlicher Politik verändert wird.«

Diesen Satz habe ich einem an sich lesenswerten Text eines der bedeutendsten Soziologen weltweit entnommen, Ulrich Beck. Erschienen im Klartext-Verlag unter der Überschrift: »Neue europäische Architektur und kosmopolitische Nation«.

Dazu sagt der französische Philosoph und Nobelpreisträger Henri-Louis Bergson, dass es keine noch so subtile philosophische Idee gebe, ***»die man nicht in einer jedermann verständlichen Sprache ausdrücken«*** könne – und müsse. Lediglich in Deutschland habe sich der Inzest und die hermetische Abschottung des sozialwissenschaftlichen Milieus weitgehend gehalten.

So schreiben Arbeitsämter

Stellen Sie sich vor, Sie sind arbeitslos und erhalten von der Bundesagentur für Arbeit folgendes Schreiben. Es stammt vom Februar 2017. Ein Freund von mir hat es erhalten.

»Sehr geehrter …
Aufgrund des §32b Abs. 3 des Einkommenssteuergesetzes haben die Träger der Sozialleistungen Daten über die im Kalenderjahr gewährten Leistungen sowie die Dauer des Leistungszeitraums bis zum 28. Februar des Folgejahres elektronisch unter Angabe der Steuer-Identifikationsnummer (Steuer-ID) an die Finanzverwaltung zu übermitteln.
Zu jeder betroffenen Leistung von der Bundesagentur für Arbeit wird aus den an Sie ausgezahlten und von Ihnen zurückgezahlten Leistungsbeträgen ein Leistungssaldo gebildet. Sind Ihnen Leistungen zugeflossen, so erfolgt zusätzlich die Angabe des jeweiligen Leistungszeitraums.
Folgende Daten wurden am 22. Januar 2017 unter Angabe der Steuer-ID […] für das Kalenderjahr 2016 übermittelt (Transferticket: …)«

Es folgt der Leistungssaldo.

Ich weiß nicht, wie es Ihnen geht. Ich fände es jedenfalls gut, wenn Behörden Briefe verschicken würden, die man auch ohne juristischen Beistand auf Anhieb versteht. Der Freund wusste erst mal nicht, was er mit dem Schreiben anfangen sollte. Kriegt er was? Muss er was zahlen? Wenn Sie es schneller verstehen als wir, dann herzlichen Glückwunsch. Aber muss das wirklich jeder verstehen? Muss wirklich jeder wissen, was ein »Leistungssaldo« ist? Müssen die Behörden, die für uns alle da sind, sich nicht verdammt noch mal verständlich für uns alle ausdrücken? Wie wär's, wenn die Bundesagentur für Arbeit es wie folgt geschrieben hätte:

»Zu Ihrer Kenntnis: Die Bundesagentur für Arbeit hat an Sie im Jahr 2016 […] Euro geleistet. Darüber hat die Bundesagen-

tur für Arbeit die Finanzverwaltung elektronisch informiert. Das ist gesetzlich vorgeschrieben, gemäß §32b Abs.3 des Einkommenssteuergesetzes.
Das war's auch schon. Nichts von Belang für Sie. Schönen Tag noch.«

Ok, die letzte Zeile ist wohl eher unrealistisch. Aber das davor hätte gereicht – oder? Vielleicht ist Ihnen aufgefallen, dass ich »Bundesagentur für Arbeit« zweimal hintereinander geschrieben habe. Obwohl die Schule solche Wiederholungen gar nicht mag. Aber so ist es klarer. Und darauf kommt es bei Schreiben von Behörden an.

Dazu der Kisch-Preisträger E.A. Rauter: ***»Alles Überflüssige senkt die Aufmerksamkeit.«***

So schreiben Wissenschaftler

»Das vorliegende Papier stellt die Ziele, Funktionsweisen und Charakteristika der Mitglieder der RatSWD-Forschungsdaten-Infrastruktur, die Forschungsdatenzentren (FDZ) und Datenservicezentren (DSZ) dar. FDZ und DSZ werden vom Rat für Sozial- und Wirtschaftsdaten (RatSWD) nicht nur akkreditiert, sondern auch unterstützt, um die Forschungsdaten-Infrastruktur insbesondere für die Sozial-, Verhaltens- und Wirtschaftswissenschaften in Deutschland und im internationalen Kontext zu verbessern. Dabei berücksichtigt der RatSWD, dass eine derartige Forschungsdaten-Infrastruktur auch in Bereichen etabliert wird, die weit über die traditionelle Infrastruktur in Form der Amtlichen Statistik im engeren Sinn hinausgeht (z.B. Ressortforschung, mit öffentlichen Mitteln

geförderte Forschungsschwerpunkte und Evaluationsstudien sowie forschungsbasierte Erhebungen).«

Dazu habe ich nach dem »Survival Lexikon für die Hosentasche« von Rüdiger Nehberg gegriffen. Ich schlug wahllos eine Seite auf, Seite 93, da steht unter dem Stichwort »Fiebermessen«: ***»Ohne Thermometer kann man Fieber in der Weise messen, daß der Gesunde seine linke Hand an die eigene Stirn legt und die rechte an die des Patienten. Dann läßt sich der Temperaturunterschied sehr deutlich feststellen.«*** Das habe ich gleich mit meiner Frau ausprobiert, festgestellt, dass ich kein Fieber habe, und daraus geschlossen, dass meine gefühlt erhöhte Temperatur mit dem Lesen dieses Textes zu tun haben muss.

Karl Popper drückt es natürlich gewählter aus:

»Jeder Intellektuelle hat eine ganz spezielle Verantwortung. Er hat das Privileg und die Gelegenheit, zu studieren. Dafür schuldet er es seinen Mitmenschen, die Ergebnisse seines Studiums in der einfachsten und klarsten und bescheidensten Form darzustellen.«

So schreiben Universitäten

Auf der Homepage der FernUniversität in Hagen, Institut für Psychologie, steht unter der Überschrift »Bildungspsychologie«:

»Welche Faktoren fördern erfolgreiche Lern- und Entwicklungsprozesse in schulischen und außerschulischen Kontexten? Dieser Frage widmet sich die Bildungspsychologie unter der Leitung von Prof. Dr. Kathrin Jonkmann. Dabei berücksichtigen wir in Forschung und Lehre ausdrücklich die charakte-

ristische Mehrebenenstruktur von Bildungsprozessen, indem wir sowohl Faktoren auf der Ebene der Lernenden (z.B. Kompetenzen, Motivation, Persönlichkeitsmerkmale, sozialer Hintergrund) als auch der Gruppe (z.B. Komposition der Klasse, Merkmale der Lehrkräfte) und der Institution (z.B: curriculare Reformen und Programme, Bildungsgänge) analysieren.«

Tja, so schreiben sie in den Tempeln unserer Bildung.

Dazu der Politologe Franz Walter am 22.6.2010 im »Freitag« unter der Überschrift: »Wider die Allüre der Fachsprache«:

»Für die ›Gebildeten‹ in Deutschland ist Abgrenzung traditionell elementar – nicht zuletzt durch Sprache. Das Wissenschaftsbürgertum hierzulande pflegt den elitären Dünkel, kultiviert eine Sprache, die wie ein Geheimcode nur den Eingeweihten verständlich ist, Außenstehende auf Abstand hält, den geringer Gebildeten demonstrativ das Gefühl von Nichtzugehörigkeit vermittelt.«

Derselbe Franz Walter kann aber auch ganz schön elitär schreiben. Kurz nach dem obigen Zitat schreibt er:

»Der Dutschke-Generation bot die Beherrschung des Vokabulars der ›Kritischen Theorie‹ die Legitimation für den Avantgardeanspruch gegenüber dem profanen Rest ›eindimensionaler Menschen‹.«

So schreiben Professoren

Michael Becker-Mrotzek, ein einflussreicher Professor für deutsche Sprache, schreibt:

»Die Produktion eines Textes ist eine komplexe Handlung (vgl. Rehbein 1977), die aus mehreren Schritten besteht. Sie beginnt damit, dass der Schreiber seine aktuelle Situation so einschätzt, dass er darin einen Schreibanlass sieht. Erst dadurch wird aus den objektiven Umständen für den Handelnden eine Schreibsituation, eine Situation der schriftlichen Kommunikation. Der Schreiber entwickelt aufgrund dieser Einschätzung eine Schreibmotivation, die er anschließend in ein konkretes Ziel umsetzen muss. Einschätzung, Motivation und Zielsetzung sind dabei natürlich abhängig von den kognitiven Voraussetzungen des Schreibers. So erfordert das Einschätzen der Rezeptionsbedingungen sowohl die Fähigkeit zur sozialen Kognition (Empathie, Perspektivübernahme) als auch Sachverhaltswissen etwa über den Adressaten.«

Ich würde das wie folgt übersetzen: ***»Wer schreibt, hat dafür einen Anlass. Wie jemand schreibt, hängt davon ab, wie intelligent und empathisch jemand ist und für wen er schreibt.«***

Dazu Yascha Mounk in einem Beitrag für die »Zeit« mit der Überschrift »Das Semester beginnt – wieder müssen sich Studenten durch verschwurbelte Texte quälen. Professoren sollten endlich lernen, sich klar auszudrücken!«:

»Für manchen Professor gilt ein Text, der einfach zu verstehen ist, gar als Beweis für Unwissen, intellektuelle Minderbemitteltheit oder gar für den anrüchigen Drang, für ein breites Publikum zu schreiben. [...] Wenn ich einen Gedanken nicht auf einfache Weise ausdrücken kann, ist dieser nicht besonders tiefgründig oder originell. Im Gegenteil, ich habe ihn dann noch nicht gut genug verstanden. Statt meine Verwirrung hinter Fachsimpelei zu verstecken, muss ich härter nachdenken.«

So reden Zugbegleiter der Deutschen Bahn

»Meine sehr verehrten Damen und Herren, die Anschlusszüge in Hannover nach Uelzen um 13.45 Uhr, nach Braunschweig um 13.47 Uhr, nach Celle um 13.55 Uhr, nach Hamburg um 14.02 Uhr, nach Lüneburg um 14.07 Uhr, nach Berlin um 14.31 Uhr werden alle leider nicht erreicht.«

Moment mal, ***»nicht erreicht«***? Das war ja wichtig, war mein Zug etwa auch dabei?

Dazu der Sprachpapst Wolf Schneider in »Deutsch für Profis«: ***»Allzu viele Sätze sind angelegt wie Irrgärten, durch die wir im Finstern tappen, bis wir schließlich die Lampe finden, die den Satz von hinten her beleuchtet.«*** Seine einleuchtende Regel lautet: Verb nach vorn!

Der Zugbegleiter hätte also einfach nur sagen müssen: ***»Meine sehr verehrten Damen und Herren, in Hannover werden folgende Anschlusszüge leider nicht mehr erreicht: Nach Uelzen um 13.45 Uhr [...]«***

So schreiben Manager

Ex-Siemens-Chef Klaus Kleinfeld wollte Teile des Konzerns ***»downsizen«***, wahrscheinlich meinte er Personalabbau. Das Gleiche ist wohl gemeint, wenn Manager von ***»Synergieeffekten«*** sprechen. Manchmal wollen Manager aber nicht nur verschleiern, sondern einfach nur mal ***»out of the box«*** denken. Das ist eine ***»Challenge«***, die sich nur mit starkem ***»Commitment«*** meistern lässt.

Dazu Tina Groll auf »Zeit online« vom 2.12.2016 unter der Überschrift »Geschäftsblabla macht unglaubwürdig«:

»Kennen Sie das auch? Der Chef hält eine Rede und da ist von performen, committen, delivern die Rede. Etwas ist einfach nur random und überhaupt, das Projekt soll ASAP, as soon as possible fertig werden. Alles klar! Finden Sie diese Sprache sympathisch? Führungskräfte, die häufig in Phrasen aus der Geschäftswelt reden, werden als unglaubwürdig, unsympathisch und sogar inkompetent wahrgenommen. Das haben Psychologen der Universität Erlangen-Nürnberg herausgefunden. Nur der Text, der klar und präzise war und ohne Beschönigungen und Phrasen auskam, wirkte auf die Probanden sympathisch, glaubwürdig. Und nur bei dieser Rede kam der Manager kompetent rüber. Mitarbeiter werden nicht entlassen, sondern sie werden freigesetzt. Eine Theorie für die unklare, beschönigende Sprache ist, dass der Neokapitalismus eine Vernebelung mittels Sprache erforderlich macht.«

Und weil's so schön ist, hier noch Heinz-Jörg Graf, der für den Deutschlandfunk am 29.7.2007 unter der Überschrift »Das Denglisch-Problem« grollte:

»Im Firmenalltag gehört BSE-Englisch längst zum guten Ton. Gemeint ist nicht die Rinderkrankheit, sondern das ›Bad simple English‹, ein Sprachcode, den viele deutsche Manager inzwischen locker beherrschen. So wie BSE-infizierte Rinder wahnsinnig über die Weide torkeln, so schäumt und labert sich heutzutage oft die Managersprache – angesteckt vom ›Bad-simple-English-Virus‹ – durch den Firmenalltag.«

So schreibt ein Managermagazin

Umfrage unter Compliance Managern im »Compliance Magazin« 1/14 unter der Überschrift »Woran arbeiten Sie?«. Die Manager lassen sich mit Foto, Namen und Funktion vorstellen. Die konkrete Frage lautet: »Worüber haben Sie sich zuletzt in Bezug auf Ihre tägliche Arbeit Gedanken gemacht?«

Markus Walke, Beisitzer, DSV Shared Service Center Germany, Chief Compliance Officer, antwortet:

»Die Standardisierung der Prozesse ist notwendig, um die unterschiedlichsten gesetzlichen, regulatorischen Vorgaben und die internen Anforderungen ›Rechtssicher & Lean in Kombination mit einem Integrierten Management System‹ umzusetzen. So sollen jederzeit etwaige Risiken von den individuell handelnden Personen und der Gesellschaft ferngehalten werden.«

Mirko Haase, Präsident BCM, Adam Opel AG, Regional Compliance Officer Europe, antwortet:

»Die Integration bzw. Nichtintegration des sehr speziellen deutschen Beauftragtenwesens in das Compliance Management. Außerdem glaube ich, dass die Fragen nach GRC und die Schnittstellen ins IKS noch nicht richtig beantwortet sind und im Lichte der verpflichtenden Nachhaltigkeitsberichterstattung überdacht werden müssen. Insbesondere auch welche Rolle die ISO 26000 dabei spielen kann.«

So ähnlich antworten alle Befragten.

Entschuldigung, dass ich mich einmische, aber den Satz, der mir dazu einfällt, habe ich nirgendwo gefunden: »***Seid ihr noch Menschen?***«

Jetzt der Experte. Gérard Depardieu: »***Du bist nur gut, wenn du Dinge machst, die dir selbst ähnlich sind.***«

So schreiben Gewerkschafter

Unter der Überschrift: »Personalabbau? Nein Danke! – Personalplanung 2016«:

»Zurzeit plant der Arbeitgeber ein Sparprogramm (bestehend aus 3 Teilen), um das angestrebte Betriebsergebnis in den nächsten Jahren zu erreichen. Problematisch sind laut Arbeitgeber der viel zu hohe Tarifabschluss und der erwartete starke Rückgang der Leistungsentwicklung (u.a. durch Budgetreduzierung im Sicherheitsbereich). Bisher wurden weder konkrete Umsetzungspläne vom Arbeitgeber vorgelegt noch die verlautbarten Informationen zu den 3 Programmen mit den örtlichen Betriebsräten beraten. Das schafft Raum für Spekulationen, die bereits jetzt vielfach für Verunsicherungen bei den Beschäftigten sorgen. Ein Vorgeschmack davon ging bereits durch die Presse.«

Dazu der argentinische Schriftsteller Jorge Luis Borges: »***Wenn wir etwas mit Mühe lesen, so ist der Autor gescheitert.***«

Nur damit Sie mal verstehen, worum es eigentlich geht: Der Gesamtbetriebsrat befürchtet den Verlust von 1000 Stellen. Stattdessen ist von »***Sparprogramm***« die Rede (bestehend aus 3 Teilen) und von »***Umsetzungsplänen***«. Der Satz mit dem »***Raum***

für Spekulationen« könnte einfach heißen: »***Das verunsichert die Beschäftigten.***« Und wonach schmeckt eigentlich der »***Vorgeschmack***«? Nach Angstschweiß oder nach Himbeertorte?

So schreibt die Kirche

»Jesus ist nicht unser täglich Brot, damit wir überleben. Jesus ist nicht das Brot für jeden Tag, für immer, das uns satt macht bis zum nächsten Tag. Jesus ist nicht das Brot für jeden Montag Mittag, jeden Mittwoch Abend oder Sonntag Morgen, sondern das Brot für einmal, ein für alle Mal. Nur einmal kommt Gott in Jesus zur Welt. Nur einmal stirbt er am Kreuz für das Leben der Welt. Nur einmal gibt Jesus sein Fleisch und sein Blut, damit wir ein für alle Mal satt werden.«

Das stammt aus einer Predigt der Seite evangelisch.de vom 26.3.2017. Gute Sprache. Guter Rhythmus. Verständliche Wörter, und doch nicht für jeden verständlich.

Dazu Erik Flügge in einem Blogbeitrag, der unter Kirchenleuten im Netz kursiert, mit der Überschrift »Die Kirche verreckt an ihrer Sprache«:

»Sorry, liebe Theologen, aber ich halte es nicht aus, wenn ihr sprecht. Es ist so oft so furchtbar. Verschrobene, gefühlsduselnde Wortbilder reiht ihr aneinander und wundert euch, warum das niemand hören will. Ständig diese in den Achtzigern hängen gebliebenen Fragen nach dem Sein und dem Sinn, nach dem wer ich bin und werden könnte, wenn ich denn zuließe, dass ich werde, was ich schon längst war. Hä? – Ach bitte, lasst mich doch mit so was in Ruhe.«

Dieser Blog hat eine umfangreiche Debatte ausgelöst. Hier eine bemerkenswerte Reaktion auf evangelisch.de von Theologiestudent Steve Kennedy Henkel:

»Ich finde, er [Erik Flügge] hat Recht. Die Kirche krankt vielerorts an einer Sprache, die keiner versteht und die keinen anspricht. Die Sprachverwirrung beginnt spätestens im Studium, denn dort wird die wissenschaftliche Sprache der Theologie gepflegt. Da wird zum Beispiel eine ›Hermeneutik der Multiperspektivität des Diskurses‹ gefordert oder festgestellt: ›In der Einheit der doppelten Relation ist Jesus Christus das Person-Sakrament als Ereignis der vollkommenen Gottesgemeinschaft.‹ Sicher braucht es eine wissenschaftliche Sprache, um über komplexe Sachverhalte klar und differenziert zu reden. Gerade in der Frontstellung zwischen Atheismus und religiösem Fundamentalismus muss man geistig auf der Höhe sein. Aber daneben muss man sich auch in umgänglicher Alltagssprache üben, besonders im Gespräch über den Glauben. Das passiert zu wenig. Deswegen reden Theologen nach dem Wechsel vom Hörsaal auf die Kanzel zuweilen einfach nicht persönlich und ansprechend, sondern akademisch und vermeintlich objektiv. Sie können dann zwar erklären, wieso Karl Barths christozentrische Offenbarungstheologie in diametralem Gegensatz zu Friedrich Schleiermachers romantisch inspiriertem ›Gefühl schlechthinniger Abhängigkeit‹ steht, aber nicht, was Gott uns heute noch zu sagen hat.«

So schreiben Politiker

Hier mal ein Tweet. Kann man ja wohl nicht viel falsch machen. Maximal 140 Zeichen. Sigmar Gabriel, damals noch Wirtschaftsminister und SPD-Parteivorsitzender, twitterte am 26.4.2016:

»Ziel muss sein, dass Deutschland – besser Europa – 2025 die modernste digi. Infrastruktur d. Welt vorhält.«

»Spiegel«-Kolumnist Sascha Lobo urteilt über diesen Tweet wie folgt:

»Wer um alles in der Welt mit was für einer Vorstellung von Bürgerkommunikation im Jahr 2016 verfasst ein solches Ansprachemonster? Ein Tweet mit dem Charme einer Umlaufmappe, so nah am Menschen wie die ›Voyager 2‹. Er wirkt, als hätten zwölf Abteilungen im Wirtschaftsministerium drei Tage lang darum gerungen, ihre verschiedenen Themen in die 140 Zeichen einarbeiten zu dürfen. Anschließend noch ein Superlativ drübergestreut und ein Nullversprechen angeflanscht. Es ist alles so traurig. Ein Ziel, das man plant zu fassen (›Ziel muss sein‹), hat man noch nicht. In der Formulierung ›Deutschland – besser Europa‹ ist Unsicherheit verborgen, ob man überhaupt europäisch handeln kann. Soziale Medien sind höchst situativ, schon ›nächste Woche‹ ist weit weg, und eine Ankündigung für ›in neun Jahren‹ wirkt geradezu albern, denn Inhalte funktionieren medienbezogen, in eine Verfassungsurkunde schreibt man tendenziell auch kein Zwinkersmiley.«

So schreiben sie im Bundestag

»Zur Erreichung eines verbesserten Anlegerschutzes sind Änderungen des Vermögensanlagengesetzes, der Vermögensanlagen-Verkaufsprospektverordnung, des Wertpapierhandelsgesetzes und der Wertpapierdienstleistungs-Verhaltens- und Organisationsverordnung sowie des Handelsgesetzbuchs erforderlich. Mit den vorgesehenen Änderungen soll die Transparenz erhöht werden, so dass die Anleger künftig besser informiert werden über die Fälligkeit der Rückzahlung von bereits begebenen Vermögensanlagen und den personellen Verflechtungen, insbesondere bei Emittenten verbundener Unternehmen. Weiter wird der Anbieter einer Vermögensanlage verpflichtet, einen zum Anlagezeitpunkt gegebenenfalls durch Nachträge aktualisierten Prospekt jederzeit zugänglich zur Verfügung zu stellen. Im Wertpapierhandelsgesetz werden der Bundesanstalt für Finanzdienstleistungsaufsicht Befugnisse eingeräumt, die Vermarktung oder den Vertrieb von bestimmten, insbesondere komplexen Produkten einzuschränken oder zu verbieten, um Anleger vor aggressiver Werbung sowie dem Vertrieb von schwer kontrollierbaren Produkten zu schützen.«

Das stammt aus einem Entwurf eines »Kleinanlegerschutzgesetzes« von der Bundesregierung, Drucksache 18/3994, vom Februar 2015. Es geht also um etwas, was viele von uns betrifft. Wie können Sie, ich und der leicht tüddelige Opa davor geschützt werden, dass wir nicht übers Ohr gehauen werden?

Dazu der Historiker Timothy Garton Ash in der »New York Review of Books«:

»Die gesamte politische Klasse in Deutschland spricht diese sterile Lego-Sprache. Sie zimmern vorgefertigte Phrasen zusammen aus hohlem Plastik. Die meisten deutschen Politiker fliegen eher allein zum Mond, als dass sie einen bleibenden Satz formulieren.«

Im Mai 2017 wurde Timothy Garton Ash der Aachener Karlspreis verliehen. Auch dort las er den Politikern die Leviten: ***»Sie müssen eine bessere, einfachere und emotional packendere Sprache finden.«***

So reden sie im Bundestag

Roger Willemsen hat ein Jahr lang im Deutschen Bundestag den Rednern zugehört. Darüber hat er ein Buch geschrieben, »Das Hohe Haus«. Es ist ein vernichtendes Dokument über die Redekultur im Haus des Volkes, dem Parlament. Da spricht zum Beispiel ein Staatsminister vor Schülern, die er auf der Besuchertribüne zuvor begrüßt hat, über die deutsch-französische Freundschaft: ***»Die deutsch-französische Freundschaft, sie ist keine Nostalgie und auch keine Rhetorik; sie ist eine hochaktuelle Strategie, um unsere Europäische Union Schritt für Schritt voranzubringen.«***
Willemsen beschreibt: ***»Auf der Schulklassen-Tribüne senken sich ein paar Mundwinkel zum Flunsch.«*** (S. 20).
Der Abgeordnete Matthias Zimmer sagt zur Armutsdebatte (S. 93), sie werde ***»zu sehr mit Blick auf lediglich materielle Faktoren geführt«.***
Willemsen kommentiert: ***»Ich stelle mir diesen Abgeordneten vor, der in seinem Frankfurter Wahlkreis eine Hartz-IV-Familie besucht und ihr erklärt, sie sei in ihrer Armut zu sehr auf materielle Werte fixiert.«***

Ich krame einen alten Artikel von Roger Willemsen aus meinem Archiv, erschienen im »SZ-Magazin« vom 16.5.2014 über Europa. In Madrid notierte Willemsen:

»Auf den Bänken des Paseo del Prado suche ich das Gespräch mit Arbeitslosen, Studenten, Rentnern. Der Chor ihrer Stimmen hat diesen Refrain: Ihr nationalen und supranationalen Polit-Rhetoriker mit euren ›strategischen Partnerschaften‹ eurer ›Implementierung der Aufnahmeagenda‹, euren ›multilateralen Zweckverbänden‹, ihr habt uns müde europäisiert. Wenn ihr redet, sieht niemand Länder und Landschaften, niemand fühlt den Kontinent unter euern Floskeln.«

Willemsens Artikel fing an mit einem Satz über den Bosporus: ***»Im Wasser unter der abendlichen Brücke zitterten nebeneinander die Lichter Asiens und Europas.«***

Zum Tod von Roger Willemsen schrieb Arno Widmann in der »Berliner Zeitung« vom 9.2.2016:

»Er war einer der wenigen Intellektuellen, die begriffen hatten, dass ein Hochschulabschluss kein Ausweis von Intelligenz ist. Was wir Bildung nennen, hat herzlich wenig mit Intelligenz zu tun. Wer Jahrzehnte seines Lebens in Schulen und Hochschulen verbrachte, der ist dort ganz sicher nicht klüger geworden.«

So schreiben Juristen

Ein Vermieter hat an einen Juristen eine Frage zur neuen Mietpreisbremse: Die Mietpreisbremse besagt, dass Vermieter die Miete nicht mehr als 10 Prozent über die ortsübliche Vergleichsmiete anheben dürfen. Aber was, wenn die Miete schon höher ist und der Vermieter an einen neuen Mieter vermieten will? Darf er dann die alte, eigentlich überhöhte Miete verlangen oder muss er die Miete senken?

Der Jurist antwortet: *»Nach derzeitigem Rechtsstand ist es zulässig, die bislang vereinbarte Miete – auch wenn sie über der ortsüblichen Miete liegt – mit dem neuen Mieter zu vereinbaren. Wenn es Ihnen gelingt, den hohen Mietpreis durchzusetzen, dürfte die vereinbarte Miete eher weniger nicht ortsüblich sein -:), aber das ist eine ketzerische Feststellung. Mit freundlichen Grüßen.«*
Der Vermieter fragt nach: *»Danke, im letzten Satz muß das ›nicht‹ weg – oder? Dann habe ich es verstanden.«*
Der Jurist antwortet: *»Das nicht ist schon richtig, wegen der doppelten Verneinung. Verboten ist es, eine Miete zu vereinbaren, die nicht ortsüblich ist, d.h. die die ortsübliche Miete überschreitet. Aber was ist schon ortsüblich, wenn der Mietspiegel als wissenschaftlich fundierte Erkenntnisquelle ausscheidet. Sind die Mieter bereit, höhere Mieten zu zahlen, dürften solche Mieten eben ortsüblich sein. Oder eben weniger nicht ortsüblich. Mit freundlichen Grüßen.«*
Der Vermieter: *»Jetzt haben Sie mich aber wieder verunsichert … Also man darf über den Mietspiegel, aber nicht ortsunüblich? Was ist denn die klare Ansage des Gesetzes? Oder gibt es gar keine?«*
Der Jurist: *»Eigentlich haben Sie es zutreffend formuliert. ›Also man darf über den Mietspiegel, aber nicht ortsunüblich‹. Soweit bekannt, ist das Gesetz des Bundes (welches die Gemeinden nur ermächtigt) noch nicht in Kraft. Danach kann die Gemeinde in Gebieten mit erhöhtem? gefährdeten Wohnbedarf per Verordnung/Landesgesetz bestimmen, dass bei einer Neuvermietung die neue Miete nicht höher als 10 % über der*

ortsüblichen Miete sein darf. Wer bestimmt, was ortsüblich ist? Bislang galt der Berliner Mietspiegel als Maß und Richtschnur für das, was ortsüblich ist. Der Mietspiegel ist aber kein Gesetz und keine Verordnung, sondern nur eine empirisch, statistisch, politisch gestaltete Sammlung von Daten, dessen wissenschaftliche Qualität zwischenzeitlich zweifelhaft ist. Mit freundlichen Grüßen.«

Dazu Franz Müntefering, einer der wenigen Redner deutscher Sprache, den man an seinem Stil erkennen kann: ***»Wenn man genau sein will, ist es am besten, man sagt kein überflüssiges Wort.«***

Also mir hätte ein Ja oder ein Nein des Juristen gereicht. Oder ein: Ich weiß es nicht. Oder, und das scheint mir die Essenz zu sein:
»Wenn Sie die Wohnung neu vermieten, darf die Miete nicht höher als 10 % über der ortsüblichen Vergleichsmiete sein. Auch wenn sie vorher höher war. Sie müssen die Miete also senken. Es bleibt aber Ihnen überlassen, zu versuchen, die alte Miete mit den neuen Mietern zu vereinbaren.«

So schreiben Ärzte

Der Vorsitzende der Stiftung Patientenschutz, Eugen Brysch, geht in der »Rheinischen Post« vom 17.2.2016 davon aus, ***»dass 25 Prozent der Patienten ihren Arzt nicht richtig verstehen«***. Das kann Leben kosten. Aber wenden wir uns lieber etwas Alltäglichem zu. Ein Augenarzt beklagt sich bei mir, dass sich die Patienten einfach nicht daran halten, was da schwarz auf weiß geschrieben stehe. Tja, lesen Sie selbst:

»Anleitung für Patienten zur computergestützten Gesichtsfelduntersuchung

Der grün-gelb leuchtende Punkt in der Gesichtsfeldkuppel muss während der gesamten Untersuchungsdauer genau angesehen werden. Umhersehen oder suchen der aufleuchtenden Punkte führt zur Ungenauigkeit der Messung (wie ein unscharfes Foto – je unschärfer, desto schlechter sind nachher die Details zu erkennen).
Vorsicht: Auch Bewegen des Kopfes während der Untersuchung führt zu gleicher Ungenauigkeit der Messung! Bitte achten Sie auch darauf, dass Ihre Stirn während der gesamten Messung Kontakt zu dem Stirnband der Kopfstütze hält! (Lassen Sie sich vor Beginn der Untersuchung mithilfe der Stuhl- und Geräteverstellmöglichkeiten von unserer Arzthelferin so vor dem Gerät platzieren, dass Sie durch Vorbeugen des Oberkörpers bequem und ohne besondere Mühe oder sich recken zu müssen, Kinn und Stirn in der Kopfstütze des Gerätes halten können.) Es handelt sich bei der Gesichtsfelduntersuchung nicht um einen Sehtest, wie Sie ihn sonst kennen. D.h., es geht nicht darum, ob man die Lichtpunkte deutlich oder nur sehr undeutlich sieht. Entscheidend ist bei der Gesichtsfelduntersuchung nur die Wahrnehmung als solche unabhängig von ›gut‹ oder ›so gerade eben noch‹ wahrgenommen. Man muss sich sehr konzentrieren und ›aufpassen wie ein Luchs‹ – jeder Lichtpunkt, den man so gerade noch wahrnimmt, gilt! Aber: Bitte keinen nervösen Daumen bekommen – es darf nur gedrückt werden, wenn man einen Lichtpunkt wahrgenommen hat (auch wenn er nur gerade eben so noch wahrgenommen wurde), und nicht, weil man Schaltgeräusche des Gerätes gehört hat oder meint, es müsste jetzt ein Punkt kommen.

Die Augen blinzeln bei diesem die Konzentration sehr fordernden Spezialtest immer zu wenig – auch wenn Sie es zunächst nicht bemerken.
Daher soll man von Beginn der Untersuchung an ruhig ungefähr alle halbe Minute (manche Patienten mit schlechtem Tränenfilm sogar noch häufiger) einmal kurz blinzeln und damit nicht erst beginnen, wenn die Augen schon tränen oder beißen. Man kann sich dabei an den Schaltgeräuschen des Gerätes orientieren – ungefähr alle 5–8 Schaltgeräusche einmal blinzeln. Falls Sie eine kurze Pause während der Untersuchung brauchen, können Sie den Drücker einfach festhalten – die Untersuchung wird so lange angehalten. Bitte jedoch die Sitz- und Kopfposition während solcher Pausen nicht wesentlich verändern. Die Pausen bitte kurz halten!«

Und dann wundert sich der Arzt, dass seine Patienten sich nicht daran halten?

Dazu der Autor Benjamin von Stuckrad-Barre: ***»Der Leser, das ist ja das Wunderbare, der Leser muss gar nichts.«*** Dieses Zitat stammt aus einer Rede zur Verleihung des Axel-Springer-Preises an junge Journalisten vom 5.5.2011.

So schreiben Feuilletonisten

Ich musste gerade nachgucken, wie sich dieses Wort schreibt. Im ersten Anlauf hatte ich »Feuilletisten« geschrieben. Ich gebe zu, ich bin sauer auf die Feuilletonisten. Sie haben mir über die Jahrzehnte vermiest, die Kulturseiten zu lesen. Mir ist das zu abgehoben.

Nehmen wir einen Bericht in der »Berliner Zeitung« vom 5.4.2017 zum Konzert der Band Slowdive. Der Autor schreibt:

»[...] die Schuhstarr-Musik ist jetzt wieder in aller Munde, und man hört ihren Einfluss in so verschiedenen Indie-Ästhetiken wie bei Tame Impala und The xx. Im Konzert gibt es entsprechend anschwellende Feedbackwellen zu drängendem, coolem Groove; aber auch leisere, verhallt schaumige Strecken, die von dünnen, repetitiven Gitarrenlinien angeschubst werden. Mit einem ausufernden Syd-Barrett-Cover und spiralförmigen Op-Art-Mustern auf der Leinwand weisen sie zugleich aufs psychedelische Kontinuum ihres Krachs seit dem swingenden London.«

Dazu Wolf Schneider in »Deutsch fürs Leben – Was die Schule zu lehren vergaß«:
»Da sind wir bei der typischen Krankheit unserer meisten Feuilletons: Sie schreiben für die Experten; die Musikkritiker zum Beispiel für die anderen Musikkritiker und für die Mitglieder des Streichquartetts; ein paar Leser nehmen sie auch noch mit auf in diese Reise zu den schwindelnden Höhen der Professionalität.«

Zum Schluss noch einmal ein Beispiel, **wie Bürokraten schreiben**. Damit Sie heiter gestimmt aus diesem Kapitel herausgehen.

Erinnern Sie sich an den YouTube-Hit mit dem Bündnerfleisch von 2010? Der Schweizer Finanzminister Hans-Rudolf Merz musste im Parlament immer wieder lauthals lachen, als er die Stellungnahme eines Beamten aus seinem Haus zum Thema Fleischimport vortrug. Ich zitiere aus dem Protokoll des Nationalrats:

»Das zur Diskussion stehende gewürzte Fleisch von Tieren der Rindviehgattung wird unter der Zolltarifnummer 1602.5099 (Schlüssel 914) außerhalb des Zollkontingentes veranlagt. Dem schweizerischen Zolltarif kommt Gesetzesrang zu. Er basiert wie die kombinierte Nomenklatur (KN) der EU und die meisten Zolltarife weltweit auf dem international gültigen Harmonisierten System (HS). Ebenfalls materiell verbindliches internationales Staatsvertragsrecht sind gemäß Rechtsprechung des Bundesverwaltungsgerichtes die Erläuterungen zum HS. Diese sehen vor, dass gewürztes Fleisch (z. B. mit Pfeffer) als zubereitet gilt und somit grundsätzlich zum Kapitel 16 des Zolltarifs gehört. An der Grenze zu vollziehende wirtschaftliche Maßnahmen im Allgemeinen und die Höhe der Zollansätze im Besonderen stellen ausdrücklich keine Gründe dar, eine Ware nicht tarifgemäß einzureihen. In Anlehnung an Anmerkung 6a zum Kapitel 2 der KN hat die Zollverwaltung zusätzlich [Heiterkeit] sogenannte ›schweizerische Erläuterungen zum Zolltarif‹ [Große Heiterkeit, Beifall] publiziert. Danach werden gewisse Erzeugnisse noch im Kapitel 2 eingereiht, denen bei der Herstellung Würzstoffe zugesetzt worden sind, sofern dadurch der Charakter einer Ware dieses Kapitels nicht verändert wird (z. B. Bündnerfleisch). [Große Heiterkeit].«

Nicht so lustig fand das laut »Spiegel Online« dagegen der Zollbeamte Christian Kempter. Er hatte die Anfrage beantwortet. Es war seine erste überhaupt. ***»Ich habe mir Mühe gegeben und nach bestem Wissen und Gewissen eine seriöse Antwort vorbereitet«***, sagte Kempter. ***»Herr Merz hat meine Antwort ins Lächerliche gezogen. Da fühle ich mich schon etwas gekränkt.«*** Der Finanzminister soll sich daraufhin bei Kempters Vorgesetzten entschuldigt haben.

Wie Lehrer schreiben

2

2. Wie Lehrer schreiben

2.1 Stimmt, wir können nicht schreiben

Das sagen Lehrer eines Berliner Gymnasiums. Und wollen wissen, wo zum Teufel man es denn lernen kann.

Ein Gymnasium in Berlin. Ich bin mit den Deutschlehrern verabredet und habe zwei Stunden, um mit ihnen über mein Thema zu sprechen. Sieben von zwölf Deutschlehrern sind gekommen. Soeben haben Bauarbeiter einen Wasserrohrbruch verursacht. Die Klospülung funktioniert nicht, Leitungswasser ist aus. Die Schüler dürfen vorzeitig gehen. Ich bitte um ein Glas Wasser. Keins da. Schließlich bringt ein Lehrer zwei Flaschen Bier mit Schraubverschluss und ein paar Plastikbecher. Es ist 16.00 Uhr. Prost. Dann können wir uns ja gleich alle duzen.

Das mit dem Bier soll ich nicht schreiben, teilt mir die Schule mit, als ich ihr diesen Text vorlege. In der Schule sei Bier verboten. Ich lasse das Bier drin, schreibe aber nicht, um welche Schule es sich handelt.

Ich trage zunächst meinen fiesen Text aus dem ersten Kapitel vor, unter der Überschrift »Verdammt schlecht«. Das ist die Moskito-Methode. Das Blut in Wallung bringen, um es leichter abzapfen zu können. Das klappt, alle wollen sofort etwas sagen. Aber niemand schlägt mit dem Handtuch nach mir und versucht, mich an die Wand zu klatschen.

»Was Sie sagen, hat Hand und Fuß«, lautet der erste Kommentar. Von der ältesten Lehrerin im Raum, sie unterrichtet Deutsch, Spanisch und Ethik. Ihr zweiter Satz: ***»Ich habe wenig***

***Erfahrung mit Schreiben.*«** Ihr dritter: **»*Ich schreibe nicht viele Texte, ich korrigiere ja nur.*«**
Eine andere Lehrerin stimmt zu: **»*Ich schreibe weniger als meine Schüler.*«**

Huch. So simpel kann die Wahrheit sein. Deutschlehrer sind im Schreiben ungeübt.

Weiter geht's mit Sätzen, die mich rühren, weil sie so uneitel sind:

»*Ich lese viele tolle Klausuren; ich könnte so nicht schreiben.*«
»*Wer von den Schülern so gut schreibt, konnte das schon vorher. Ich kann daran nur noch feilen.*«
»*Manche Schüler haben einfach eine Klasse, die ich früher nicht so hatte.*«
»*Ich würde mir so etwas nicht zutrauen.*«
Ein jüngerer Lehrer sagt: **»*Wenn Schüler so gut sind, stecken interessierte Elternhäuser dahinter. Die Spaß haben am Lesen.*«**
Ein älterer Lehrer wirft ein: **»*Wir stehen auf den Schultern der Sprache der Eltern.*«**

Ich frage: Und was ist mit den Kindern, deren Eltern nicht so gute Voraussetzungen bieten?
Antwort: **»*Was sollen wir machen – bei Klassen mit 27 Kindern?*«**
Und: **»*Dafür haben wir keine Zeit.*«**

Ich bin so baff, dass ich versäume nachzuhaken, ob es nicht wichtig wäre, sich dafür die Zeit zu nehmen.

Einem Lehrer geht es um die deutsche Redekultur. Er sagt: ***»Im Land der Dichter und Denker stehen gute Redner unter Generalverdacht. Der brillante Rhetoriker gilt als Blender. Er hat keinen guten Stand. Deshalb halten wir so langweilige Reden.« Er legt nach: »Die Bundestagsreden kann man sich doch ums Verrecken nicht anhören.« Dann sagt er: »Wir Deutschen haben Angst, als Redner zu brillieren. Deshalb gibt es diesen Hang zur Versachlichung. Wir müssen alles in Form bringen, damit nichts aus dem Ruder läuft.«***

Ich merke immer mehr, warum diese Leute Deutschlehrer geworden sind. Sie können reden, sie können denken, sie sind leidenschaftlich. Sie haben halt nur nie gelernt, ihren Schülern beizubringen, besser zu schreiben.

Und sie halten einen Unterricht, von dem sie nicht überzeugt sind. Sie sagen:

»Was die Schüler schreiben – cool. Geschichten, Komödiantisches, Beziehungssachen – sagenhaft. Leider haben sie in der Schule kaum Gelegenheit dazu, so etwas zu schreiben.«
»Die Schüler dürfen selten über das schreiben, was sie bewegt und was ihnen Spaß macht.«
»Die Schultexte haben keine Relevanz für die Schüler. Die interessieren sie nicht.«
»Es muss immer Brecht sein. Und nicht mal die besten Texte.«
»Die schreiben ständig Interpretationen. Warum nicht auch mal einen Werbetext? Der hat vielleicht viel mehr mit ihnen zu tun.«
»Die fragen sich: ›Warum soll ich über diesen Text eine Inhaltsangabe schreiben?‹ Darauf habe ich keine Antwort.«
»Die Schüler denken, sie müssen kompliziert schreiben.«

»Die Schüler schreiben für uns Lehrer.«

Oh weh. Stimmt es also immer noch: Für die Schule lernen wir, nicht fürs Leben?

Eine Lehrerin: ***»Es gibt online Kriterien für gute Klausuren, unter www.klausurgutachten.de. Vorgefertigte Fetzen, die den Anforderungen an gute Sprache in keinster Weise gerecht werden. Aber die Schüler nehmen das ernst. Sie denken, sie müssen verschachtelt schreiben. Wegen der Komplexität.«***

Ja, die »Komplexität«. Auch in meinen Schreibkursen stoße ich ständig auf das Bestreben, der »Komplexität« des Lebens durch umständliche Sprache gerecht werden zu wollen. Damit ist wahrscheinlich gemeint, intelligenter zu wirken, als es die eigenen Gedanken hergeben. So ein elitärer Bullshit.

Ein junger Lehrer gibt zu: ***»In Briefen an Eltern habe ich absichtlich kompliziert geschrieben. Um meine Autorität zu zeigen.«*** ***»Ja«***, sagt ein anderer, ***»Sprache schafft Distanz.«***

Am Schluss fragt mich eine Lehrerin: ***»Und wie lerne ich jetzt das Schreiben?«***

2.2 Tschick noch mal

Wie Lehrer ihresgleichen zu schlechtem Schreiben anleiten. Verpassen Sie bitte nicht das Schmankerl am Ende dieses Textes.

»Lehrerhandreichungen« sind dafür da, Lehrern Tipps zu geben, wie sie den Unterricht gestalten. Nehmen wir eine über

den Roman »Tschick« von Wolfgang Herrndorf. Wenn Sprache abfärbt, und ich glaube, das tut sie, dann sollten sich die Lehrer von solchen Handreichungen fernhalten.
Im Vorwort steht:

»Neben einer inhaltlichen Erschließung des Romans werden in der Lehrerhandreichung verschiedene Aspekte zur thematischen Vertiefung angeboten, so zum Beispiel die Dramatisierung der Romanvorlage. Die ersten Zugänge und die interpretatorischen Vertiefungen werden durchweg mit handlungs- und produktionsorientierten Verfahren realisiert.«

Na, interessiert? Wissen Sie jetzt, wie Lehrer in diesem Lehrerhandbuch gehandreicht werden? Ich vermute, Sie wissen nach diesem Satz nur eins: dass sich die Autoren keine Mühe geben, lesbar zu schreiben. Fast alles an diesen beiden Sätzen ist ärgerlich. ***»Erschließung«*** ist hässlich, ***»inhaltlich«*** ist überflüssig, ***»verschiedene Aspekte zur thematischen Vertiefung«*** ist inhaltsleer, zudem aufgeblasen. Achtung! Es geht nicht nur um eine Vertiefung, möglicherweise bis zum Mittelpunkt der Erde, sondern um eine ***»thematische Vertiefung«***. Allerdings leider nicht wirklich, sondern nur um ***»Aspekte einer thematischen Vertiefung«***. Und ein solcher Aspekt einer thematischen Vertiefung ist offenbar die ***»Dramatisierung der Romanvorlage«***. Verstehen Sie das?
Dann verstehen Sie vielleicht auch den nachfolgenden Satz mit den ***»ersten Zugängen«*** und den ***»interpretatorischen Vertiefungen«***, die ***»durchweg mit handlungs- und produktionsorientierten Verfahren realisiert«*** werden.

Oh Mann. Bin ich wirklich so blöd, weil ich das nicht verstehe? Aber selbst wenn ich so blöd bin – habe ich nicht trotzdem ein Recht darauf, es so erklärt zu bekommen, dass ich es verstehe?

Entschuldigung. Sie wissen vielleicht immer noch nicht, worum es bei dem Roman »Tschick« geht. Ich könnte Ihnen jetzt die Inhaltsangabe aus dem Lehrerhandbuch bieten, aber dann wird's langweilig. Oder wollen wir es doch gemeinsam probieren?

»In der ersten Schulstunde nach den Ferien antwortet Maik Klingenberg, der Protagonist und Ich-Erzähler von Wolfgang Herrndorfs Roman ›Tschick‹, auf die Frage seiner Mitschülerin Tatjana, was im Sommer mit ihm passiert sei, in einem Briefchen zunächst ausweichend: ›Ach, nichts Besonderes‹ (S. 239, im Original kursiv) – eine Untertreibung, die angesichts der immer noch sichtbaren körperlichen Unfallschäden auch deswegen verblüffend ist, weil Maik sich nichts mehr gewünscht hat, als das Interesse Tatjanas zu wecken.«

Entschuldigung, dass ich unterbreche. Aber dieser erste Satz besteht aus 72 Wörtern. Weiter geht's:

»Also präzisiert er nach erneuter Aufforderung: ›Tschick und ich sind mit dem Auto herumgefahren. Eigentlich wollten wir in die Walachei, aber dann haben wir uns fünfmal überschlagen, nachdem einer auf uns geschossen hatte. […] Dann Verfolgungsjagd mit der Polizei, Krankenhaus. Ich bin später noch in einen Laster gekracht mit lauter Schweinen drin, und mir hat's die Wade zerrissen, aber na ja – alles nicht so schlimm.‹ (S. 242, im Original teilweise in ›Bärensprache‹, hier ins Standarddeutsche übersetzt).«

Entschuldigung, dass ich erneut unterbreche. Das Zitat ist viel zu lang. Es geht hier schließlich um eine Zusammenfassung, nicht ums Abschreiben. Weiter geht's:

»Das ist der knappe Bericht eines Vierzehnjährigen, der als Langweiler mit seinem gleichaltrigen Kameraden Andrej Tschichatschow (›Tschick‹) zu einer Reise durch die unbekannte ostdeutsche Provinz aufgebrochen ist, um nach einer ganzen Reihe bestandener Abenteuer verwandelt zurückzukehren.«

Entschuldigung, ich schaff's einfach nicht, die Klappe zu halten. Wem ist die ostdeutsche Provinz unbekannt? Gibt es auch unbestandene Abenteuer? In was hat sich der angebliche Langweiler verwandelt – in einen Käfer? Weiter geht's:

»Offen bleibt dabei allerdings, was den bis zum Beginn der Reise unauffälligen Schüler Maik dazu veranlasst, gemeinsam mit dem Außenseiter Tschick ein Auto zu stehlen und sich damit planlos auf den Weg zu dessen Großvater in die Walachei zu machen. Unerwähnt bleibt weiter, welche Probleme Maik hinter sich lässt: Da gibt es Tatjana, in die er heimlich verliebt ist und die ihn nicht zu ihrer Geburtstagsparty einlädt, weil sie ihn bisher gar nicht wahrgenommen hat; da gibt es auch noch eine alkoholabhängige Mutter und einen als Immobilieninvestor scheiternden Vater – Eltern, die durch andauernden Streit ihren Sohn aus dem Blick verlieren und ihn am Anfang der Sommerferien ganz sich selbst überlassen, um eine weitere Entziehungskur zu machen bzw. um die Affäre mit der jungen Assistentin auf einer Geschäftsreise fortzusetzen.«

Skandalös schlecht, diese zwei Sätze. Ja, zwei Sätze, in denen sich 128 Wörter breitmachen. Die Nachrichtenagentur dpa hat mal die Obergrenze der optimalen Verständlichkeit eines Satzes mit 9 Wörtern angegeben. Aber Lehrerhandbuch-Schreibern ist das wohl egal. Auch sonst sind diese beiden Sätze geradezu eine Frechheit. Warum bleibt ***»dabei allerdings«*** etwas offen? War Maik tatsächlich nur bis zum Beginn der Reise ***»unauffällig«***? Ist es ***»planlos«***, zu seinem Großvater zu fahren? Lässt Maik tatsächlich ***»Probleme hinter sich«***? Was ist ein ***»als Immobilieninvestor scheiternder Vater«***? Machen tatsächlich beide Eltern eine Entziehungskur? Haben tatsächlich beide Eltern eine Affäre mit der jungen Assistentin? Das sind nur einige der Kritikpunkte. Lesen Sie die beiden letzten zitierten Sätze noch mal Wort für Wort durch.

Nun schauen wir uns im Vergleich dazu an, was im Klappentext des Romans steht:

»Mutter in der Entzugsklinik, Vater mit Assistentin auf Geschäftsreise: Maik Klingenberg wird die großen Ferien allein am Pool der elterlichen Villa verbringen. Doch dann kreuzt Tschick auf. Tschick, eigentlich Andrej Tschichatschow, kommt aus einem der Asi-Hochhäuser in Hellersdorf, hat es von der Förderschule irgendwie bis aufs Gymnasium geschafft und wirkt doch nicht gerade wie das Musterbeispiel der Integration. Außerdem hat er einen geklauten Wagen zur Hand. Und damit beginnt eine unvergessliche Reise ohne Karte und Kompass durch die sommerglühende deutsche Provinz.«

Na? Besser, oder? Rhythmus. Lebendige Sprache. Wofür brauche ich dann eine Lehrerhandreichung?

Nun aber zu dem Schmankerl, auf das ich mich schon die ganze Zeit freue, mit dem ich dieses Kapitel hätte anfangen können, mit dem ich es vielleicht besser angefangen hätte, aber dann habe ich mich halt doch anders entschieden und es dabei belassen, vielleicht aus Bequemlichkeit, anders als bei diesem an sich zu langen und komplizierten Satz, denn hier geht es darum, die Spannung aufrechtzuerhalten, außerdem will ich Ihnen mal zeigen, wie es ist, wenn auch ich mich gehen lasse und ohne groß zu überlegen einfach weiterschreibe, ohne daran zu denken, wie Sie das vielleicht finden mögen, wobei ich mich ja immerhin damit herausreden kann, dass ich mich hiermit über verschachtelte, zu lange Sätze lustig mache und Ihnen veranschauliche, warum sie Käse sind, und dabei hat dieser Satz ja noch den Vorteil, dass er nicht vor Hauptwörtern strotzt, also nicht substantivistisch ist, wie es gebildeter ausgedrückt werden könnte.

Hier also mein Höhepunkt aus dem Lehrerhandbuch zu Wolfgang Herrndorfs »Tschick«. Auf Seite 8 steht unter der Überschrift »Zum Stil«:

»Unter den oft genannten Aspekten sind die folgenden besonders hervorzuheben: einen leichten Zugang zum Text garantiert die Sprache Maiks, weil sie die eines jugendlichen Erzählers ist, der schmucklos von seinen Erlebnissen mit Tschick berichtet. Selbst in längeren narrativen Passagen erhält er einen mündlichen, lakonischen Stil mit einfachem Satzbau bei, der sich direkt an den Rezipienten als sein Gegenüber zu wenden scheint.«

Na, haben Sie auch so gelacht wie ich? ***»Leichter Zugang zum Text«***, ***»einfacher Satzbau«***. Die Autoren loben, wie leicht das Buch zu lesen ist, über das sie schreiben. Schreiben selbst aber kompliziert. Außerdem frage ich mich: Gibt es das Wort ***»beierhalten«***?

Die Autoren des Lehrerhandbuchs »Tschick« sind Marcus Schotte und Dr. Manja Vorbeck-Heyn. Beide studierten Deutsche Philologie. Herr Schotte ist Lehrbeauftragter im Masterstudiengang Editionswissenschaft. Seine Forschungsschwerpunkte sind Literatur- und Sprachdidaktik, Kinder- und Jugendliteratur sowie Gegenwartsliteratur. Frau Vorbeck-Heyn promovierte im Bereich der Germanistischen Sprachgeschichte. Sie ist Studienrätin an einem Berliner Gymnasium.

Ich hatte die Autoren per Mail um ein Gespräch gebeten. Am 19. April 2015. Keine Antwort. Ich schrieb erneut am 7. Mai. Einen Tag später erhielt ich die folgende Antwort. (In meinem Betreff hatte ich geschrieben: »Tschik« statt »Tschick«. Peinlich. Ich erwähne das, um das »TSCHICK!« in der Mail zu erklären.)

Sehr geehrter Herr Franz,
vielen Dank für Ihr Interesse an den von uns erstellten Materialien zu TSCHICK! Bitte sehen Sie uns die zeitlich verzögerte Antwort nach.
Aus verschiedenen Gründen ist uns das von Ihnen vorgeschlagene Gespräch nicht möglich. Dass Sie den Austausch über Ihre Analyse ausgewählter Aspekte unseres Lehrerhandbuchs suchen, ist unseres Erachtens redlich, aber auch gegen alle Gepflogenheiten. Konstruktive fachliche Kritik ist immer willkommen, eine Einflussnahme im Vorfeld wird von uns nicht angestrebt.
Mit freundlichen Grüßen,
Marcus Schotte und Manja Vorbeck-Heyn

Schade. Wir hätten alle etwas lernen können.

Ich jedenfalls habe dann doch noch was gelernt. Als ich an einem Schreibseminar meines Kollegen Ariel Hauptmeier teilgenommen habe. Er nannte Beispiele für verschiedene Schreibstile. Nummer vier lautete: ***»Jeder Satz ist anders (Herrndorf)«***. Und tatsächlich. Es ging um »Tschick«.

»Als Erstes ist da der Geruch von Blut und Kaffee. Die Kaffeemaschine steht drüben auf dem Tisch, und das Blut ist in meinen Schuhen. Um ehrlich zu sein, es ist nicht nur Blut. Als der Ältere ›vierzehn‹ gesagt hat, hab ich mir in die Hose gepisst. Ich hab die ganze Zeit schräg auf dem Hocker gehangen und mich nicht gerührt. Mir war schwindlig. Ich hab versucht auszusehen, wie ich gedacht hab, dass Tschick wahrscheinlich aussieht, wenn einer ›vierzehn‹ zu ihm sagt, und dann hab ich mir vor Angst in die Hose gepisst. Maik Klingenberg, der Held. Dabei weiß ich gar nicht, warum jetzt die Aufregung. War doch die ganze Zeit klar, dass es so endet. Tschick hat sich mit Sicherheit nicht in die Hose gepisst.«

Ariel Hauptmeier kommentierte diesen Stil wie folgt:

»Es wogt hin und her. Lange Sätze, kurze Sätze, vollständige und unvollständige Sätze. Die Wortstellung variiert in einem fort. Der erste Satz fängt mit einer adverbialen Bestimmung an. Es folgen zwei simple Hauptsätze, durch Kommata getrennt. Der dritte Satz beginnt mit dem untergeordneten Nebensatz. Das ist das Geheimnis interessanter Sprache: Jeder Satz ist anders.«

Abgesehen von der Begeisterung, mit der sich Ariel dieses Textes annimmt, hatte ich das Gefühl: Hier lernt man doch wenigstens mal was.

Also Ariel, bitte übernehmen Sie!

2.3 Geheimcode Sprache

Wenn Lehrer mit Lehrern kommunizieren, haben Normalsterbliche dabei nichts zu suchen.

Ich hoffte insgeheim, dass auch die Schulbücher schlecht geschrieben sind. Damit mir die Beweisführung leichter fällt. Ich fing mit einem Deutschbuch für die zweite Klasse an, Ausgabe Nord, Berlin, Brandenburg, Mecklenburg-Vorpommern. Verständliche Sprache. Viele Verben. Gute Geschichten. Lesenswert. Dritte Klasse. Auch ok. Vierte … Gute Sprache. Macht Spaß zu lesen. Kompliment an die Autoren dieser Bücher.

Allerdings liegen diesen Schulbüchern Arbeitshefte für Lehrer bei. Auwei. Hier schreiben Lehrer für Lehrer. Nehmen wir die Beilage zum Arbeitsheft »Sprachfreunde 4«, für die 4. Klasse. Ich stelle Ihnen ein paar Beispiele vor, werde aber nicht nur meckern, sondern versuchen, es besser zu machen.

Beispiel 1

Die Beilage beginnt wie folgt:

»Liebe Lehrerinnen und Lehrer,
die bundesweiten Vergleichsarbeiten (VERA) zur Lernstanderhebung sind in der Grundschule mittlerweile zu einem festen Bestandteil geworden. Sie werden jährlich gegen Ende der dritten Klasse durchgeführt und sollen das Erreichen der Bildungsstandards überprüfen sowie Hinweise zur Verbesserung der Lernleistungen und für die Weiterentwicklung des Unter-

richts geben. Dazu gehört auch die Verbesserung der Diagnosegenauigkeit.«

Aha. Die ***»Lernstanderhebungen«*** sollen das ***»Erreichen der Bildungsstandards«*** überprüfen. So steht es da, wenn man die beiden ersten Sätze auf einen Hauptsatz reduziert. Murks, nicht wahr? Das zeigt sich oft erst dann, wenn Sätze entschlackt sind. Außerdem strotzt der Absatz vor hässlichen und ungenauen Hauptwörtern wie der ***»Verbesserung der Diagnosegenauigkeit«***. Gemeint ist wahrscheinlich, dass die Lehrer die Leistung der Schüler genauer beurteilen können.

Insgesamt könnte der Absatz heißen:

»Der bundesweite Vergleich der Schülerinnen und Schüler (VERA) hat sich bewährt. Die Tests erfolgen am Ende der dritten Klasse. Sie zeigen den Lehrern, ob ihre Schüler die bundesweiten Standards erfüllen.«

Beispiel 2

Wenig später heißt es:

»Bei Ihrer täglichen förderdiagnostischen Arbeit sollen die Lernstanderhebungen Sie unterstützen und dabei helfen, aktuelle Lernstände und vorhandene Kompetenzen Ihrer Schülerinnen und Schüler in den verschiedenen inhaltlichen Bereichen einzuschätzen und den individuellen förderdiagnostischen Bedarf zu ermitteln.«

Überflüssig sind u. a. die Wörter: »*täglichen*«, »*unterstützen*«, »*aktuelle*«, »*vorhandene*«, »*verschiedenen inhaltlichen Bereichen*« und »*individuellen förderdiagnostischen*«.

Besser wäre:

»VERA hilft Ihnen, Ihre Schülerinnen und Schüler einzuschätzen und individuell zu fördern.«

Beispiel 3

»Die Aufgaben sind an den KMK Bildungsstandards sowie den Lehr- und Bildungsplänen der Bundesländer orientiert und fokussieren die dort beschriebenen Lernziele und zu erreichenden Kompetenzen.«

Besser wäre:

»Die Aufgaben orientieren sich an den Standards der Kultusministerkonferenz. Außerdem an den Lehr- und Bildungsplänen der Bundesländer.«

Beispiel 4

»Im Auswertungsbogen werden neben den Aufgabenlösungen das jeweilige Niveau der Aufgabe sowie die jeweils fokussierten Fähigkeiten, Fertigkeiten und Kenntnisse beschrieben, die zur Aufgabenbewältigung im Wesentlichen benötigt werden.«

Besser wäre:

»Die Auswertungsbögen beschreiben, wie schwer die Aufgabe ist und was die Schüler können müssen, um sie zu bewältigen.«

Vergleichen Sie diese beiden Sätze mal rein optisch. Den originalen Satz mit den vielen langen, hässlichen Hauptwörtern – und den einen, schlanken Satz mit nur drei Hauptwörtern.

Beispiel 5

»Den Schülerinnen und Schülern ermöglicht ein einfaches Smiley-System auf den Testseiten die Selbsteinschätzung und schafft so eine Basis zur Reflexion des eigenen Lernstandes. Gemeinsam mit dem Kind können anschließend die Ergebnisse aus der Selbsteinschätzung und Ihre Einschätzungen aus dem Auswertungsbogen in einem förderdiagnostischen Gespräch zu einem Gesamtbild zusammengefügt und Lernziele sowie nächste Lernschritte vereinbart werden. Dabei kann es im Sinne einer dialogisch orientierten Förderdiagnostik sehr aufschlussreich sein, nach Lösungswegen und Erklärungen bei falsch gelösten Aufgaben zu fragen, Einblicke in die Denkwege Ihrer Schülerinnen und Schüler bei der Lösung einer Aufgabe zu bekommen.«

Erster Satz besser: ***»Die Smileys ermöglichen den Kindern, sich selbst einzuschätzen.«***
Statt 8 Hauptwörtern 2. Statt 23 Wörtern 8.

Zweiter Satz besser: ***»Diese Einschätzung sowie Ihre eigene sollten Sie gemeinsam mit dem Kind besprechen und daraus verbindliche Ziele ableiten.«***

Dritter Satz besser: »***Fragen Sie die Kinder bei falsch gelösten Aufgaben danach, wie sie darauf gekommen sind.***«

Stimmen Sie mir zu? Kann ja sein, dass ich irgendetwas falsch verstanden habe. Aber dann könnte es daran liegen, dass der ursprüngliche Text missverständlich war. Sehr geehrte Kolleginnen und Kollegen: Es reicht nicht, so zu formulieren, dass Sie aus dem Schneider sind, weil Ihre Sätze so vieldeutig sind. Drücken Sie sich deutlich aus. Damit Sie Ihren Lesern keine Zeit stehlen.

Die Schreiber sollen sich Mühe machen, nicht die Leser.

LEHRER, IHR MÜSST SCHREIBEN LERNEN!

3

Wie Schüler schreiben sollen

3. Wie Schüler schreiben sollen

3.1. Blöde Texte, falsche Kriterien

Langweilige, verschwurbelte Aufgaben verderben Schülern die Laune. Und erst recht, wie sie gelöst werden sollen.

Bevor wir zur Sache kommen, schlage ich vor, Sie machen erst mal ein paar Entspannungsübungen. Den Sonnengruß zum Beispiel. Oder Sie atmen einfach ein paarmal tief aus und ein. Ganz langsam durch die Nase. Fühlen Sie die frische Luft, lassen Sie die Luft weiter in Ihren Brustkorb strömen, spüren Sie, wie sich Ihre Rippen bewegen, lassen Sie den Atem weiter durch in Ihren Bauch, bis er sich wölbt, und dann ziehen Sie den letzten Rest Luft Ihren Brustkorb hoch bis in die Schultern – dann atmen Sie langsam aus.

Sie brauchen nämlich ein bisschen Sauerstoff, um den folgenden Text durchzustehen. Dabei verlange ich von Ihnen nicht mehr als das, was die Schule Zehntklässlern in Gymnasien abverlangt. Und Sie haben es noch vergleichsweise gut. Sie können den Text von Reinhard Fiehler überfliegen, mit dem Kopf schütteln und jederzeit aussteigen. Die Schüler müssen ihn bis zum Ende lesen, müssen sich darauf einlassen, müssen herausfinden, was gemeint ist, und dürfen nicht mal sagen, wie aufgeblasen sie das finden. Sorry, Herr Fiehler, ich meine das nicht persönlich. In Ihren Kreisen schreibt man halt so. Und Sie können ja nichts dafür, dass man so einen Text Zehntklässlern vorsetzt.

Hier also ein Auszug aus »Verständigungsprobleme und gestörte Kommunikation« von Reinhard Fiehler, Radolfzell, 2002:

»Die Erfahrung, jemanden nicht zu verstehen oder selbst nicht verstanden zu werden, ist ein essentieller Bestandteil unserer Kommunikationspraxis: Wir haben uns nicht verstanden/missverstanden; wir können uns nicht verständigen; die Kommunikation hat nicht geklappt/ist misslungen/gestört; die Verständigung war schwierig/problematisch/ist fehlgeschlagen etc. sind verbale Beschreibungen dieser Erfahrung. Auch wenn wir wohl (viel) häufiger den Eindruck haben, dass Kommunikation funktioniert, gelingt und wir uns verständigen können, so gibt es doch eine nicht zu vernachlässigende Zahl von Fällen, in denen wir bemerken, dass die Kommunikation nicht klappt, oder wo sich später herausstellt, dass sie nicht geklappt hat (obwohl wir in der Situation einen anderen Eindruck hatten). Es liegt dabei auf der Hand, dass dieses Gelingen und Misslingen im Regelfall kein dichotomes Alles oder Nichts ist, sondern dass es sich um ein graduelles Maß handelt, ein Mehr oder Weniger auf einer Skala, deren Endpunkte eine umfassende Verständigung (relativ zu den Zwecken der Interaktion) und ein totales Fehlschlagen der Kommunikation sind, und dass es sich zum anderen häufig nur auf bestimmte Aspekte oder Teilbereiche der Kommunikation erstreckt. Aus dieser Perspektive betrachtet ist Verständigung also keineswegs ein selbstverständliches, unproblematisches oder gar automatisches Resultat von Kommunikation. Zwar zielt Kommunikation im Regelfall auf Verständigung ab, aber es gibt keine Garantie dafür, dass sie erreicht wird: Kommunikation hat Versuchscharakter, und es besteht aus vielerlei Gründen immer die Gefahr, dass der Versuch nicht zum Erfolg führt. Deshalb bedarf es der ständigen Kontrolle, ob die Verständigung für die Zwecke der Beteiligten in einem hinreichenden Maße gelingt, und es erfordert kontinuierliche Anstrengung und kommunikative Arbeit, um die Ergebnisse von Kommunikation zu verbessern …«

So geht es weiter. Sie dürfen aufhören zu lesen, die Schüler nicht. Die müssen solche Texte ergeben hinnehmen. Was will uns Herr Fiehler mit diesen Zeilen sagen? Offenbar: dass es normal ist, wenn Menschen sich missverstehen. Steht da noch mehr? Ach ja, dass es sich um ein ***»graduelles Maß handelt, ein Mehr oder Weniger auf einer Skala, deren Endpunkte …«*** Sorry, ich finde, das ist aufgeblasener Quark. In grauenvoller Sprache.

Die Schüler dürfen das natürlich nicht so schreiben. Die Schüler, das sind in diesem Fall Zehntklässler eines Gymnasiums in Nordrhein-Westfalen. Klaglos hatten sie die übliche »Analyse eines Sachtextes mit weiterführendem Schreibauftrag« geschrieben. Als ich mit ihnen über diesen Text spreche, bricht es aus ihnen heraus, wie schrecklich sie ihn finden: ***»Ich verstehe nur Bahnhof. Wofür brauche ich das?«*** Und: ***»Wir verlieren durch solche Texte die Lust an der Sprache und am Schreiben.«*** Und: ***»Kein Bock auf so was. Soll das etwa gut sein?«***

Nein. Das ist nicht gut. Schon gar nicht vorbildlich. Das ist kein Maßstab, an dem sich Schüler orientieren sollten. Aber beim Klausurenschreiben hilft ja alles nichts. Da muss pariert werden. Also beginnt eine Schülerin ihre Klausur wie folgt:

»Der Auszug aus dem Sachbuch ›Verständigungsprobleme und gestörte Kommunikation‹ von Reinhard Fiehler, welches 2002 veröffentlicht wurde, befasst sich mit ›Verständigungsproblemen und gestörter Kommunikation‹ im Allgemeinen in unserer Gesellschaft und erklärt, dass Kommunikation nicht immer gelingt und wir uns auch nicht immer dessen bewusst sind.«

Wie gehe ich als Lehrer mit so einem schrecklichen Satz um? Ganz einfach. Den Lehrern liegt eine »Leistungsbewertung« vor. Darauf steht:

»1. ... nennt in einem Einleitungssatz Titel, Autor, Textart, Erscheinungszeit und Thema.«

Dahinter steht die maximale Punktzahl, die dafür erreicht werden kann. 5.

Der Lehrer gibt also, ohne groß nachzudenken, für diesen ersten Satz 5 Punkte. Denn die Schülerin hat ja alle fünf Anforderungen der Leistungsbewertung erfüllt. 5 von insgesamt 100 Punkten, die es maximal für die gesamte Arbeit gibt. Keinen Abzug gibt es für Zeichen- und Rechtschreibfehler. Erst recht nicht dafür, dass der Satz zu lang ist, zu überladen, zu reizlos. Auch nicht dafür, dass es überflüssig ist zu schreiben, dass sich ein Text mit dem Titel »Verständigungsprobleme und gestörte Kommunikation« mit »Verständigungsproblemen und gestörter Kommunikation« befasst. Trotzdem Höchstpunktzahl. Oh Mann. Nicht die Schülerin ist schuld. Die Schule!

Wie hätte die Klausur stattdessen anfangen können? Ich versuch's mal:

»Nicht immer gelingt ein Gespräch. Und nicht immer sind wir uns dessen bewusst. Das sagt Reinhard Fiehler in seinem Sachbuch ›Verständigungsprobleme und gestörte Kommunikation‹, erschienen 2002.«

Besser, oder? Allerdings habe ich in meinem ersten Satz keine der besagten fünf Anforderungen erfüllt.

Und was sollten die »Prüflinge« in ihrer Klausur laut »Leistungsbewertung« sonst noch leisten?

»2. … benennt die Adressaten sowie die vorherrschende Intention des Textes. (max 4 Punkte)
3. … gibt die Hauptaussagen des Textes wieder und erschließt die Argumentationsweise Fiehlers, etwa: Jede Kommunikation bewegt sich im Spannungsfeld zwischen Gelingen und Nicht-Gelingen – ein Scheitern ist immer möglich.«

Moment mal. Wie ist das? Unter 3. soll der Prüfling die ***»Hauptaussage«*** des Textes wiedergeben. Unter 2. die ***»vorherrschende Intention des Textes«*** und unter 1. das ***»Thema«***. Können Sie das auseinanderhalten? Ich nicht. Und ehrlich gesagt: Ich will es auch nicht.

Mir scheint, es kommt bei solchen Aufgaben vor allem auf die Intelligenz der Schüler an. Auf Sprache jedenfalls nicht. Sonst wären auch die Aufgaben besser formuliert.

In einer Gesamtschule in NRW, 12. Klasse, stoße ich auf folgende erste Sätze von Klausuren:

»Das Drama ›Iphigenie auf Tauris‹ geschrieben von Johann Wolfgang von Goethe im Jahre 1787 thematisiert das damalige Verhältnis zwischen Menschen und Göttern, die Unterdrückung und Abhängigkeit der Frauen zu Männern und dessen Emanzipation und der Entscheidung zwischen moralisch richtigen Handeln und Lügen.«

»In dem Romanende des Buches ›Hiob‹ geschrieben von Joseph Roth geht es um den Wandlungsprozess Mendels zu einem offen und erneut orthodoxen Juden.«
Anm. des Lehrers: ***»Erscheinungsjahr?«***

Die Schüler verdienen sich für diese Einstiegssätze 4 bis 5 Punkte. Aber gut sind sie nicht, oder?

Schauen wir uns eine Klausur näher an. Die Aufgabe ist überschrieben mit: »Erste Klausur im zweiten Halbjahr des Schuljahres 2013/2014. Thema: Analyse eines Sachtextes (Rede) mit anschließender weiterführender Reflexion.« Lassen Sie sich bitte mal »anschließender weiterführender Reflexion« auf der Zunge zergehen. Ich finde schon das allein eine Zumutung. Warum schreibt man so? Warum sollten wir unsere Kinder an solch eine Sprache gewöhnen? Sieht so Auslese aus?

Der erste Satz des Schülers lautet:

»In der Rede ›Wertewandel in einer medialen Welt‹, welche am 7. Mai 2003 in Dresden von Theo Sommer, einem Mitarbeiter der Wochenzeitung, ›die Zeit‹ geschrieben wurde geht es darum, dass der Autor die starke Inzienierung der Medien vor allem in der Politik kritisiert.«

Nein, es geht mir nicht darum, dass der Schüler ***»Inzenierung«*** geschrieben hat. Auch nicht darum, dass der Satz Kommafehler enthält. Es geht mir auch nicht darum, dass Theo Sommer nicht lediglich ein Mitarbeiter der »Zeit« war, sondern einer der Herausgeber. Es geht mir überhaupt nicht um Kritik an dem Schüler. Sondern darum, dass er glaubt, einen Text derart anfangen zu können. So hat er es gelernt. So macht er es. Dafür wird er mit einer guten Note belohnt. Obwohl gleich der erste Satz Mist ist. Zu lang, zu verschachtelt, zu langweilig. Zudem unverständlich. Was bedeutet die »***starke Inszenierung der Medien vor allem in der Politik***«?

Der zweite Satz dieser Klausur lautet: »***Sommers Rede lässt sich in mehrere Abschnitte einteilen.***« Ich kritisiere wieder nicht den Schüler. Er hat gelernt, so zu schreiben. Die Prüfer erwarten von ihm, dass er so schreibt. In der »Leistungsbewertung« steht: »***... strukturiert seinen Text kohärent, schlüssig, stringent und gedanklich klar***«. Ich weiß nicht, was damit gemeint ist, aber wer seinen Klausurtext in mehrere Abschnitte einteilt, hat seine Pflicht getan. Egal, ob es allen anderen Lesern auf der Welt schnurz ist oder nicht.

Dritter Satz: »***Im ersten Abschnitt geht der Redner darauf ein, dass es eine große mediale Inszenierung gibt.***« Aha. Er geht auf etwas ein. Im ersten Abschnitt. Allerhand.

Sechs Sätze weiter schreibt der Schüler folgerichtig: »***Im mittleren Teil der Rede geht Sommer auf die Medien in Bezug auf die Politik ein.***«

Sie erraten sicherlich, was der Schüler einige Sätze weiter schreibt: »***Im letzten Teil der Rede geht Sommer ...***«

Der Prüfer ist zufrieden. Note 2+. Der Schüler lernt: Es lohnt sich, so zu schreiben.

3.2 Wer darf es weniger schlecht lernen, NRW oder Hessen?

Die Musterlösungen in dem einen Bundesland sind tatsächlich etwas weniger schlecht als in dem anderen.

Mir war ein Buch mit »Lösungen« von Abiturarbeiten in die Hand gefallen. Aus Nordrhein-Westfalen. Von 2014. Da wusste ich, dass es stimmt: Wir schreiben nicht nur schlecht, wir werden dazu angeleitet. Inzwischen habe ich mir die neueste Auflage aus NRW besorgt. Und aus Hessen gleich dazu. Wollen wir mal sehen, ob die Schüler in Hessen es besser machen dürfen.

»Abitur 2017, Original-Prüfungsaufgaben mit Lösungen« heißen die Werke aus dem Stark-Verlag. Solche Bücher richten sich an die »Lieben Abiturientinnen und Abiturienten«, die daraus ersehen, wie Klausuren zu schreiben sind. Auf beiden Buchdeckeln steht die gleiche Erfolgsmeldung: ***»Mehr als 20 Millionen bestandene Prüfungen – 40 Jahre Stark«.***

Los geht's:

In beiden Bundesländern müssen bzw. dürfen sich die Schüler überwiegend mit altbekannten Meistern der deutschen Sprache auseinandersetzen: Schiller, Goethe, Kleist, Büchner, Kafka, Brecht, Mann, Frisch. Erfrischend finde ich allerdings in der Hessen-Ausgabe eine Aufgabe zu einer Ansprache von US-Präsident Georg W. Bush »Zum Beginn des Krieges gegen den Irak«. Außerdem taucht gleich zweimal ein Text von Sibylle Berg auf, der einzigen Schriftstellerin, der ich jemals geschrieben habe. Vor etwa dreißig Jahren. Weil ich so begeistert von ihren Texten war. Sie hat mir eine reizende Postkarte zurückgeschrieben, die ich in den Dünen der Nordseeinsel Spiekeroog gelesen habe. Auf die Musterlösung zu einem ihrer Texte komme ich später zurück.

In beiden Bundesländern konfrontieren die Autoren die Schüler mit den gleichen hässlichen Wörtern wie ***»Anforderungsbereiche«, »Operatoren«, »Reflexion«, »Problemlösung«, »Reproduktion«, »Protagonisten«, »Funktionszusammenhänge«, »Arbeitsanweisungen«, »Kommunikationszusammenhang«, »Verstehensleistung«, »Kontextualisierung«*** und so weiter. In beiden Bundesländern werden die Schüler also zu dem gleichen elitären Wortbrei angeleitet.
In beiden Bundesländern sollen die Schüler ihre ersten Sätze langweilig gestalten, ohne dass es darauf ankäme, die Leser für ihren Text zu interessieren.

Aus »Abitur 2014 NRW«, die ersten Sätze:

»Der vorliegende Textauszug ist Dieter E. Zimmers Monographie ›So kommt der Mensch zur Sprache‹ entnommen, die erstmals 1988 veröffentlicht wurde. In diesem Sachtext beschäftigt sich der Autor mit der Frage, wie ein Kleinkind sprechen lernt und wie sich seine Sprache weiterentwickelt. Der Argumentationsgang seiner Ausführungen weist eine klare Gliederung auf, die sich weithin an den einzelnen Textabschnitten orientiert.«

»Der Argumentationsgang seiner Ausführungen weist …«. Wollen wir wirklich, dass unsere Kinder so die Schule verlassen?

Aus »Abitur 2017 NRW«, der erste Satz:

»Norbert Hummels Gedicht ›der turmfalk‹, das der Autor in seinem im Jahr 2001 erschienenen Gedichtband ›Zeichen im Schnee‹ veröffentlichte, nimmt das lyrische Motiv des Falken auf und bettet es, anders als von Arnims Gedicht, in eine alltägliche und realistisch skizzierte Situation, ein Telefongespräch, ein.«

Erkennen Sie das Muster dieser beiden Beispiele? Im ersten Satz kommen möglichst viele der besagten fünf Kriterien für den Einstieg vor: Titel, Autor, Textart, Erscheinungszeit und Thema. Die Länge der Sätze spielt keine Rolle. Und es interessiert nicht die Bohne, ob diese Einstiege zum Lesen reizen.

Wenden wir uns Hessen zu.

Zunächst ein ähnliches Bild, gleich im ersten »Lösungshinweis«:

»Der Auszug aus dem 1957 erschienenen Roman ›Homo Faber‹ von Max Frisch handelt davon, wie der weltweit erfolgreiche Schweizer Ingenieur Walter Faber am Ende seines Lebens als Passagier einer Super-Constellation über die ihm vertrauten Alpen nach Hause fliegt.«

Die fünf Kriterien für den Einstiegssatz sind ebenfalls genannt. Brav. Ich frage mich allerdings, ob »Homo Faber« wirklich davon handelt, dass jemand von A nach B fliegt. Mit einer Super-Constellation. Und ob das interessant ist. Nun gut.

Die folgenden Einstiege finde ich auch nicht prickelnd, aber sie kommen mir nicht so befremdlich vor wie in den NRW-Büchern. Es fällt auf: Das Erscheinungsjahr muss offenbar nicht sofort sein. Und die Sätze sind kürzer.

Ausgerechnet der »Lösungshinweis« zu Sibylle Bergs »Nacht« beginnt dann wieder so:

»Die 2001 erschienene Kurzgeschichte ›Nacht‹ von Sibylle Berg (gb. 1962) erzählt davon, wie ein Mädchen und ein Junge nach der Monotonie des Arbeitsalltags eines Abends nicht nach Hause gehen wie das Heer der anderen Berufstätigen Tag für Tag, sondern unabhängig voneinander die Stadt verlassen, den Weg zum Wald hin einschlagen und auf einem Berg einen Aussichtsturm besteigen.«

»Ausgerechnet« sage ich, weil sich insbesondere die Texte von Frau Berg formalen Anforderungen an Sprache entziehen. Ihr erster Satz aus »Nacht« lautet: ***»Sie waren mit Tausenden aus unterschiedlichen Türen in den Abend geschoben.«*** Formulierungen wie ***»Monotonie des Arbeitsalltags«*** würde sie nicht verwenden. Oder, Frau Berg? Schreiben Sie mir ruhig erneut.

Mich würde auch interessieren, was Sie zu folgenden Formulierungen aus dem »Lösungshinweis« zu Ihrem Text sagen:

»Die Kurzgeschichte ist dreiteilig. Im ersten Absatz charakterisiert der auktoriale Erzähler (ab jetzt: die Erzählerin) distanziert und missbilligend Rushhour und Feierabend in einer großen Stadt.«

Oder dazu:

»Sibylle Berg hat als Tempus für ihre Geschichte das in der zeitgenössischen Literatur eher ungebräuchliche epische Präteritum gewählt, und sie erzählt in weitgehend einfachen, parataktischen (reihenden) Sätzen.«

Ein Glück, dass ich mich in der Schule nicht mit Texten von Sibylle Berg beschäftigen musste. Die Schule hätte es glatt hingekriegt, dass ich nie mehr ein Wort von ihr gelesen hätte. So wie ich nach der Schule von Max Frisch kein Wort mehr gelesen habe.

Eins ist mir an den hessischen Musterlösungen doch noch positiv aufgefallen: Etwas, das nicht darin enthalten ist. Etwas, das nur in den nordrheinwestfälischen Musterlösungen steht, sowohl in denen von 2014 als auch in denen von 2017. Eine Anleitung, wie der Schluss eines Textes geschrieben sein sollte. Ich zitiere:

»Der Schlussteil soll Ihre Ausfertigung vervollständigen, das Thema, das der Aufgabenstellung zugrunde liegt, nochmals aufgreifen und unter Bezugnahme auf die einzelnen Teilaufgaben zu einem stimmigen Abschluss führen. Lassen Sie, um im Bild eines Hausbaus und Maurers zu sprechen, mit dem letzten Satz zur letzten Teilaufgabe nicht die Kelle fallen: Zwar ist das gedankliche Gebäude vom Grundsatz her fertig und die Argumentation ›dicht‹ – aber zu einer Ausführung gehört nun einmal ein Abschluss wie zu einem Haus der äußere Verputz. Jede der Teilaufgaben hatte einen eigenen Arbeitsschwerpunkt – und alle hatten etwas mit dem Thema in der Aufgabenstellung zu tun. Dieses Thema ist quasi das Dach, das alle Gebäudeteile überdeckt. Deshalb: Formulieren Sie Ihren Schlussteil unter Rückbezug auf die Themenstellung, und fassen Sie die wesentlichen Teilergebnisse stichwortartig zu einem Fazit zusammen, ohne hierbei bereits Gesagtes mit derselben Formulierung zu wiederholen (›wie gesagt‹ gehört übrigens grundsätzlich nicht in eine Ausführung, da Sie ansonsten eine überflüssige Wiederholung auch noch selber ankündigen würden!).«

Das kommentiere ich nicht weiter. Glückwunsch jedenfalls an die Hessen.

Vielleicht schließen deren Musterlösungen deshalb auch nicht so wie die in NRW. Hier ein Beispiel:

»In meinem Verständnis vermag Herder weniger zu überzeugen. Mir scheint es sehr gewagt zu sein, wenn Herder die Entstehung von Worten über das Merkwort, dessen auditive Komponente und mit der Kreation eines ähnlichen Lautwortes ableiten will. Mein Eindruck ist, dass Worte nur in den seltensten Fällen einen onomatopoetischen Klang haben. Man kann meines Erachtens davon ausgehen, dass die Zuordnung zwischen Signifikat und Signifikanz in der Regel arbiträr ist – dies zeigen schon die gravierenden Unterschiede zwischen den Sprachen der Welt.«

Ist das euer Ernst?

3.3 Vom Streben nach Gerechtigkeit.

Damit Noten gerecht sein können, müssen wir Deutsch lernen, als wäre es Mathe. Ist das wirklich gerecht?

Die Diskussion darüber, ob Noten abgeschafft werden sollten, fange ich hier nicht an. Dazu gibt es schon genug Literatur. Wie aber sollten Deutschklausuren benotet werden? Ich weiß es nicht. Ich fasse zusammen: Zu der einen Frage will ich nichts sagen. Zu der anderen kann ich nichts sagen. Wozu dann dieses Kapitel? Ich möchte wenigstens die Frage aufwerfen, ob Noten zu schlechtem Schreiben führen.

Faszinierend, wie viel Mühe wir uns damit geben, Klausuren möglichst objektiv zu bewerten. Ich will nicht sagen, dass es leichter ist, Kathedralen zu bauen, aber der Aufwand ist ähnlich groß. Mir gibt es ein gutes Gefühl, in einem Land zu leben, das sich so sehr um Gerechtigkeit bemüht. Auch wenn wir dieses Ziel verfehlen.

Sind sie Ihnen auch schon aufgefallen? Multiple-Choice-Aufgaben bei Deutschklausuren? Und Aufgaben, die mit »richtig« oder »falsch« zu beantworten sind? Das hat seine Vorteile. Es erscheint gerecht. Es schließt aus, dass Lehrer die gleiche Leistung unterschiedlich bewerten. Und ja, es erscheint gerecht, wenn die Schüler im ersten Satz ihrer Klausur fünf Kriterien erfüllen sollen und dafür 5 Punkte erhalten. Das entlastet auch die Lehrer. Sie brauchen sich nicht zu fragen, ob ihre Note gerecht ist.

Aber wird das den Schülern gerecht? Denen, die Spaß an Sprache haben? Die es lieben, sich auf ihre eigene Weise auszudrücken? Die gegen den Strich denken und schreiben wollen?
Und wird es den Lehrern gerecht? Die auf diese Weise zu Erbsenzählern degradiert werden? Die keinen Spielraum mehr haben? Die nicht mehr als Pädagogen gefragt sind?

Vielleicht ist Gerechtigkeit als Ziel überschätzt.

Was sollte das oberste Ziel sein? Dass Schüler gerecht beurteilt werden? Oder dass die Schüler ihr Potenzial entwickeln? Wäre es deshalb nicht besser, eine Arbeit danach zu beurteilen, ob es Spaß macht, sie zu lesen? Ob sie unterhaltsam ist, lehrreich, zum Weiterlesen reizt, originell ist? Und danach, ob sich die Schüler weiterentwickeln? Aber was dem einen Prüfer Spaß macht, macht dem anderen keinen Spaß.

Und nun?

Ich bin für Spielräume. Für die Schüler. Für die Lehrer. Ich würde ihnen mehr vertrauen.

Schauen wir uns mal eine sogenannte »Leistungsbewertung« an. Eines x-beliebigen Schülers. Sie stammt aus einem »Fachbrief Deutsch«, herausgegeben von der Berliner Senatsverwaltung für Bildung, Jugend und Familie im Februar 2017. Darüber steht sehr einsichtig: ***»Das Thema Leistungsbewertung wirft seit jeher viele Fragen auf, und keine Antwort hat bisher alle Beteiligten befriedigt.«***

Weiter heißt es:

»Was ist neu? Neu ist sicherlich nicht, dass der Rahmenlehrplan Standards vorgibt; dies kennzeichnet die Rahmenlehrpläne schon seit (mehr als) 10 Jahren. Neu ist dagegen deren Anzahl und Zuordnung sowie die Visualisierung der Anforderungen im Niveaustufenmodell. Während die Anforderungen im noch gültigen Rahmenlehrplan durch Standards bzw. Schlüsselniveaus am Ende einer Doppeljahrgangsstufe oder sogar erst zum Ende der Jahrgangsstufe 10 abgebildet wurden, finden Sie im neuen Rahmenlehrplan deutlich mehr Niveaustufen und dazu differenzierte Standards, die Ihnen die Diagnose und damit auch die Leistungsbeurteilung erleichtern sollen.«

Ich verstehe das so, dass den Lehrern das objektive und damit vermeintlich gerechte Benoten erleichtert werden soll, indem sie sich an möglichst vielen Vorgaben abarbeiten können.

So schaut das dann aus:

Inhaltliche Leistung (mit ca. **60%** in der **Gesamtbewertung** zu berücksichtigen)				
Dies waren die Anforderungen:	Ggf. Bemerkungen:	Bewertung:		
Die wichtigen Schritte der Handlungsentwicklung in jeder Strophe wurden zusammengefasst und logisch folgerichtig eingetragen. (3 BE/ Strophe)		8	von	12
Die Zwischenüberschriften sind stimmig formuliert.		6	von	8
Der Bericht gibt den Inhalt der Ballade wieder. • Richtige zeitliche Abfolge der Ereignisse • Alle wichtigen Informationen zum Hergang des Geschehens sind enthalten. • Die vorgegebenen Perspektive ist eingehalten worden.		12	von	15
Die Textform „Zeitungsbericht" wurde eingehalten • Die W-Fragen wurden in der Einleitung beantwortet. • Der Hauptteil beantwortet die Fragen „Wie?" und „Warum?" • Der Schluss stellt die Folgen des Geschehens dar.		5	von	9
Zwischenergebnis für die inhaltliche Leistung Teil 1		31		44
* Die Bedeutung des „Schatzes" wurde nachvollziehbar erklärt. (Hier sollten im EWH auch noch mögliche Ergebnisse aufgelistet werden.)		8	von	10
* Die Erklärung wurde durch Textbelege aus der Ballade gestützt.		3	von	6
* Ein Urteil zu der Frage, ob die Kinder betrogen wurden, wurde gefällt. (Hier sollten im EWH auch noch mögliche Ergebnisse aufgelistet werden.)		4	von	6
* Das Urteil wurde nachvollziehbar und am Text begründet.		3	von	6
* Zwischenergebnis für die inhaltliche Leistung Teil 2		18		28
Zwischensumme für die inhaltliche Leistung:		49	von	72

Sprachliche Leistung (mit ca. **40%** in der **Gesamtbewertung** zu berücksichtigen)				
Textaufbau und Leserführung:				
Die Aufgabenstellung wurde in der geforderten Textform umgesetzt. • Sachlich • Präteritum		5	von	7
Der Text ist übersichtlich gegliedert und in Absätze unterteilt.		2	von	3
Der Text ist flüssig lesbar; die Überlegungen sind sinnvoll verknüpft.		2	von	3
Der Text ist gut leserlich gestaltet		3	von	3
Sprachliche Darstellungsleistung:				
Der Ausdruck ist auf der geforderten Sprach- und Stilebene treffsicher und angemessen; es gibt keine negativ auffallenden Wiederholungen.		4	von	6
Sprachliche Korrektheit:	(abhängig vom vorangegangenen Unterricht und vom Ausmaß der Relevanz des jeweiligen Fehlers für die Verständlichkeit des Textes)			
Rechtschreibung		4	von	6
Zeichensetzung		4	von	6
Grammatik		3	von	6
Zwischensumme für die sprachliche Leistung:		**27**	von	**40**
Ergebnis:		**76**	**von**	**112**

Was sagen Sie? Wie gerecht lässt sich mit solchen Bewertungsbögen die Leistung der Schüler erfassen? Und was macht das mit den Schülern?

Ich frage mich: Was, wenn ein Schüler gar nicht erst versuchen will, die ***»richtige zeitliche Abfolge der Ereignisse«*** aufzuschreiben? Einfach, weil das langweilig ist? Und was, wenn sich ein Schüler sträubt, ***»alle wichtigen Informationen zum Hergang der Geschichte«*** aufzuzählen? Weil er es belanglos findet? Vielleicht will der Schüler ja lieber einen Schwerpunkt setzen. Das würden wir uns später von Ärzten, Juristen, Politikern und auch allen anderen wünschen.

Schauen wir uns nun an, wie viele Punkte die Schüler für gute Sprache erhalten können. Die ***»sprachliche Leistung«***, heißt es da, ist ***»mit ca. 40 % […] zu berücksichtigen«***. 60 % sind es für die ***»inhaltliche Leistung«***. Aber was verstehen die Macher dieses Bewertungsbogens unter »sprachlicher Leistung«? Am meisten Punkte gibt es dafür, dass ***»die Aufgabenstellung […] in der geforderten Textform umgesetzt«*** wurde. Sprachliche Leistung? Ein weiterer erheblicher Teil der Punkte lässt sich durch ***»Rechtschreibung«***, ***»Zeichensetzung«*** und ***»Grammatik«*** gewinnen. Sprachliche Leistung?

Wie viele Punkte lassen sich wirklich dadurch erreichen, dass jemand sprachlich eine Granate ist?
Dafür, dass der Text »flüssig lesbar ist«, gibt es 3 Punkte. Dafür, dass ***»der Ausdruck […] auf der geforderten Sprach- und Stilebene treffsicher und angemessen«*** ist und ***»keine negativ auffallenden Wiederholungen«*** vorkommen, gibt es weitere 6 Punkte.

Für gute Sprache gibt es demnach maximal 9 von 112 Punkten. Wobei es besonders wichtig zu sein scheint, dass es »keine negativ auffallenden Wiederholungen« gibt. Als wenn das gute Sprache ausmachen würde.
Manche Lehrer schreiben solche Bewertungsbögen selbst. Eine enorme Arbeit. Die Punktzahlen variieren, mal gibt es 100 Punkte, mal 140. Bei allen Bewertungsbögen, die ich gesehen habe, spielt allerdings die Sprache eine untergeordnete Rolle.
Lohnt es sich also für Schüler, Wert auf gute Sprache zu legen? Trauen sie sich noch, originell und individuell zu schreiben? Treiben uns nicht diese anscheinend so gerechten Beurteilungsbögen die gute Sprache geradezu aus?

Und nun?

3.4 Geht doch!

Eine Schule in Potsdam tut's: Sie lehrt gute Sprache.

Das soll Schule sein? Klassentüren stehen während des Unterrichts offen. In der Mitte der Räume liegen runde Teppiche. Darauf befinden sich Blumenvasen, Blätter, Tannenzapfen und allerlei Material für den Unterricht. Um diese Teppiche herum versammeln sich die Schüler, wenn sie sich mal versammeln sollen. Frontalunterricht? Da lachen ja die Hühner. Wie sollen dann die Kinder miteinander diskutieren können? Schließlich sollen sie sich wie zivilisierte Menschen beim Sprechen in die Augen gucken.

Die Kinder sitzen scheinbar, wo sie wollen, das heißt, wenn sie überhaupt sitzen. Manche liegen auch auf dem Bauch, andere knien – erstaunlich, dass niemand von der Decke baumelt.
Manche arbeiten für sich allein, andere mit mehreren zusammen. Und die Lehrer sitzen mal bei dem einen, mal bei der anderen. Sehr vertraut wirkt das.

Im Eingangsbereich findet gerade der Musikunterricht statt. Schüler aus anderen Klassen kommen dazu, fallen in den Gesang mit ein. Manche Kinder laufen auf Socken durch die Gänge. Draußen auf dem Schulhof, wenn das Wort erlaubt ist, es ist eher ein Schulgarten, hämmern und meißeln Kinder an Statuen herum. Im Regen. Niemand sieht missmutig aus.

Wir befinden uns in der staatlichen Montessori-Oberschule Potsdam. Ausgezeichnet mit dem Deutschen Schulpreis, einem Preis für, laut Bundeskanzlerin Merkel, ***»besonders innovative und exzellente Unterrichtskonzepte«***. In dieser kombinierten

Grund- und Gesamtschule gibt es Klassen von 1 bis 10. Ich bin hier, um herauszufinden, ob Schule in Deutschland auch anders geht. Ob wenigstens hier die Schüler schreiben lernen. Bzw. ob sie es hier nicht zu verlernen brauchen.

Der Kontakt kam ungewöhnlich schnell zustande. Ich hatte der Schulleiterin Ulrike Kegler eine Mail geschrieben, in der ich unverblümt mein Anliegen schilderte und um ein Gespräch mit dem Lehrerkollegium bat.

Frau Kegler schrieb sogleich zurück:

»Das ist aber ein sehr interessantes Angebot. Ich freue mich, Sie kennenzulernen, denn auch ich bin der Meinung, dass wir an dieser Stelle dringenden Entwicklungsbedarf haben. Vor allem ist meine Erkenntnis, dass die allermeisten LehrerInnen höchst ungerne schreiben, und das ist ja eine große Paradoxie.«

Wenig später telefonierten wir.

Manchmal lernt man Leute kennen und versteht sich auf Anhieb mit ihnen. Jedenfalls ging es mir so beim ersten Gespräch mit Ulrike Kegler. Wir stellten schnell fest, dass wir beide nur einen Abitur-Schnitt von 3,5 haben. Bei mir ja kein Wunder, werden einige von Ihnen denken.

Sprache ist Ulrike Kegler wichtig. Sie sagt: ***»Sprache macht uns zum Menschen, neben dem aufrechten Gang.«*** Und: ***»Wenn die Sprache nicht stimmt, stimmt auch nicht das, was gesagt wird.« Und: »In jedem Text sehen wir, wie jemand denkt.«***

Da bin ich anderer Meinung. Weil wir uns häufig nicht trauen zu schreiben, was wir denken. Die meisten Texte sind austauschbar, verraten eben nichts über ihre Urheber.

Frau Kegler: »***Sie verraten aber, dass die Autoren Angst haben, sich zu zeigen. Schreiben hat viel mit Emotion zu tun. Wer Angst hat, kann nicht schreiben.***«

Mit der Schule geht sie hart ins Gericht. Sie sagt Sätze wie:

»In der Schule schreiben die Schüler nur, was die Lehrer hören wollen, nicht, was sie selber denken.« – »Auslese ist in der Schule der Hauptzweck.« – »Viele Lehrer können nicht schreiben.« – »Manche können nicht mal Rechtschreibung.« – »Viele Lehrer schreiben nicht gerne. Auch Deutschlehrer nicht. Mit Ausnahmen natürlich.«

In all den Stunden, die wir miteinander sprechen, verliert Frau Kegler kein einziges schlechtes Wort über die Schüler. Nur über Lehrer, also Menschen wie sie selbst. Dabei wird sie nie persönlich.

»Menschen mit vergleichsweise geringer Qualifikation haben sehr viel Macht, das ist ein Problem in der Schule. Viele Lehrer sagen: Ich bin Mathematiker, Physiker, Historiker. Nein, sage ich: Sie sind Mathematiklehrer, Physiklehrerin, Geschichtslehrer.« – »Hinter dem Wunsch, Lehrer zu werden, können auch Minderwertigkeitskomplexe stecken. Ich wollte Lehrerin werden, weil mich die Machtfülle beeindruckt hat. Als Kind habe ich mich ohnmächtig gefühlt. Das wollte ich ändern.«

Das ist es, was Frau Kegler so glaubwürdig macht. Sie schont sich selbst nicht. Obwohl sie sich auf ihren Lorbeeren ausruhen könnte. In Schulkreisen ist sie anerkannt. Ihre Bücher über Schule verkaufen sich gut, Rezensenten loben ihre Sprache.

Souverän reagiert sie auch, als ich vor dem Lehrerkollegium die Seiten des Internetauftritts ihrer Schule bespreche. Ich bemängele die Sprache, die Frau Kegler ja so wichtig ist. Kritisiere zu lange Sätze, Passivkonstruktionen, zu viel Geschwurbel, zu viel Belangloses, gar Unverständliches. Den Lehrern fällt es wie Schuppen von den Augen, Frau Kegler auch. Kurzerhand beichtet sie, diesen Text habe sie selbst geschrieben.

Lehrreich ist für mich auch das Gespräch mit Frau Keglers Stellvertreter, Simon Friedrich-Raabe. Einem Mathelehrer. Manche behaupten: Viele Schüler verstehen die Matheaufgaben nicht, weil sie so schlecht formuliert sind. Nun sagt Friedrich-Raabe, der Mathelehrer: ***»Die Aufgabensprache in Mathematik ist gruselig. Dabei darf man die Aufgabe nicht missverstehen. Sonst ist die ganze Arbeit verhauen.«***

Schuld daran sei auch das Bemühen der Lehrer, ***»vor der hohen Wissenschaft zu bestehen«***. Deswegen sei dann in Aufgaben von ***»proportionaler Zuordnung«*** die Rede, soll heißen: einem Dreisatz. Diese Formulierung, so Friedrich-Raabe, sei wissenschaftlich wasserfest, ein Siebtklässler könne sie aber kaum verstehen. ***»Damit spielen die Lehrer Professor.«***

Er selbst mache es daher so: Erst ganz einfach erklären, worum es geht, und erst am Schluss den wissenschaftlichen Begriff bringen wie zum Beispiel ***»binomische Formel«***.

Friedrich-Raabe ist viel herumgekommen. Er unterrichtete in einer Waldorfschule, in der Deutschen Schule in Schanghai und an einem Gymnasium in Deutschland. Das sei seine größte Herausforderung gewesen.

»In Deutschland wird der Unterricht zentral gesteuert. Das ist die gelebte Haltung: der vorbeugende Gehorsam gegenüber dem System. Es ist sehr schwer für Lehrer, davon abzuweichen. Da kann man ihnen eigentlich keinen Vorwurf machen.«

Ich frage: Aber in Ihrer Schule ist das doch anders – wie kommt's?

»Ohne eine starke Schulleitung, die es anders will, geht es nicht. Außerdem sind die neuen Rahmenpläne des Landes Brandenburg sehr fortschrittlich. Wir können den Unterricht fächerübergreifend machen. Gut so. Die Welt ist schließlich nicht gefächert.«

Ok, aber wie wirkt sich das auf unser Thema aus: die Sprache?

»Wichtig ist, dass wir keine Noten geben. Das hat das brandenburgische Bildungsministerium bis zur 8. Klasse genehmigt.« Dadurch, so Friedrich-Raabe, entfalle der Druck, uniform schreiben zu müssen. Die Schüler könnten sich selbst verwirklichen und seien dadurch besser.

Auch für Ulrike Kegler spielen die Noten eine große Rolle. Insbesondere für die Rechtschreibung. Sie betont auffällig das ***»Recht«***. Ich hake nach. Frau Kegler sagt: ***»Ja, Recht wie Recht und Ordnung. Da vergeht einem doch die Lust am Schreiben.«***

Schreiben Ihre Schüler denn bis zur 8. Klasse wirklich besser, weil es keine Noten gibt?

Schwer zu sagen, findet Ulrike Kegler. Sie überlegt. Dann schlägt sie vor, dass ich mir einfach mal ein paar Klassenarbeiten anschaue. Gut, mache ich. Wir vereinbaren einen Termin.

Aber erst mal hören wir in meine Diskussion mit dem Lehrerkollegium rein.

Ich spreche die immer gleichlautenden ersten Sätze in Deutschklausuren an. Wie sie in den »Leistungsbewertungen« für Lehrer stehen. Die Lehrer sind davon ebenso wenig angetan wie ich:

»Wir müssen andere Ausdrucksformen finden.«
»Es kommt doch darauf an: Wie interessiere ich andere für mein Thema.«
»Nur mit einem anderen Zugang fange ich an, es spannend zu machen. Grundlage dafür ist das freie Schreiben.«
»Schreiben soll auch etwas Unbewusstes sein können.«
»Wir müssen den Raum dafür schaffen, dass wir wirklich was sagen können.«
»Es muss darauf ankommen: Was will ich sagen. Nicht: Was ist vorgeschrieben.«

Und, frage ich, wie kriegt ihr das hin?

Keine Noten, heißt es wieder. Außerdem arbeiten die Schüler zum Teil gemeinsam an ihren Texten. Das bringe sehr viel. Weil sie an der Reaktion der Mitschüler sehen, wie ihr Text ankommt. Das straffe die Texte. Anders als bei den üblichen Klausuren. Da komme es nur darauf an, was der Lehrer dazu sage. Wichtig sei aber vor allem eins: *»Freies Schreiben«*, sagt Ulrike Kegler, ***»dafür kämpfe ich wie eine Löwin.«***

Ich fahre mit gemischten Gefühlen nach Hause. Ja, die Schule ist toll. Aber was bringt das fürs Schreiben? Lernen die Kinder das hier wirklich besser?

Frau Kegler schreibt mir: ***»... Und überhaupt war der Nachmittag mit Ihnen wirkungsvoll. Die Zeugnisse der letzten Woche lasen sich, als hätten die LehrerInnen einiges von Ihren Anmerkungen versucht umzusetzen.«***

Nun gut. Aber das will ich ja gerade nicht hören: dass die Lehrer erst das Schreiben von mir lernen müssen.

Nun bin ich also wieder in der Montessori-Schule, zum Lesen von Schülertexten. Frau Kegler legt mir mehrere Stapel Texte in einen Raum. Jeder Stapel von einem anderen Lehrer. Die Lehrer interessieren sich dafür, wie ich die Arbeiten beurteile. Gut. Wir ziehen die Gardinen zurück, um noch mehr Licht zu schaffen, ich bekomme einen Tee, dann bin ich allein in meiner Lesestube.

Ich fange an mit Klausuren der Jahrgänge 7 und 8. Die Aufgabe lautet: »Eine Kurzgeschichte analysieren«. Na, das ist schon mal besser als »Analyse eines Sachtextes mit weiterführendem Schreibauftrag«. Die Kurzgeschichte ist tatsächlich kurz. Und leicht zu lesen. Und ergreifend. Ein Mann schilt seine Frau dafür, dass sie im Kino vor Rührung geweint hat. Die Frau fühlt, dass er im Unrecht ist, versucht aber, sich zu rechtfertigen. Die Geschichte hat Kurt Marti geschrieben; sie heißt »Happy End«, erschienen im Jahr 1960.

Nun lese ich die Aufgaben:

»1.Plane.
a) Stelle die fünf W-Fragen und beantworte diese.
b) Trage in die Liste ein, was du über die beiden Hauptfiguren erfährst. Notiere aussagekräftige Textstellen mit Zeilenangaben.
c) Vermerke kurz, was die gesammelten Zitate über die Beziehungen der beiden Figuren aussagen.
2. Schreibe
a) Fasse den Inhalt kurz zusammen. Beginne mit dem Einleitungssatz.
b) Untersuche die Figuren und ihr Verhältnis zueinander …«

Ich habe ein wenig gebraucht, bis ich innerlich »Wow« sagte. Erst bei »Schreibe«. Das ist ja richtig aktive, schnelle Sprache. Plane, Schreibe, Trage, Notiere, Vermerke, Fasse, Untersuche. Verben, Verben, Verben! Es geht also.

Allerdings fordert auch diese Schule den langweiligen Einleitungssatz (2a). Und deshalb fangen auch an dieser Schule alle Schüler mit dem gleichlautenden Satz an: ***»In der Kurzgeschichte ›Happy End‹ von Kurt Marti, erschienen 1960, geht es um ein Ehepaar, das sich einen Film im Kino anschaut.«***

Ich lese weiter. Ja, ganz gut. Lässt sich alles lesen. Kaum ein Satz, der mir sprachlich unangenehm auffällt. Da ist mal einer: ***»Die Äußerungen von der Seite des Mannes (sowohl verbal und nonverbal) deuten darauf hin, dass er sauer auf seine Frau ist und/ oder sie gar nicht mehr richtig liebt.«***

Das ist natürlich ein beknackter Satz. Und was hat die Lehrerin als Einziges angestrichen? Das Wort ***»sauer«***.

Ein paar Lehrer kommen in mein Lesestübchen. Darunter Dorothée Berres. Sie hat die Klausuren zu Kurt Martis Kurzgeschichte schreiben lassen. Ich spreche sie auf die ersten Sätze an. Sie: ***»Oh, diese scheußlichen Klassenarbeiten, die so vorstrukturiert sind.«*** Aber es hilft ja nichts. So fordert es das Schulsystem. Und daran muss sich auch die staatliche Montessori-Schule halten. Berres schränkt ein: ***»Für die Prüfungen sollen die Schüler das so machen. Aber wenn sie frei schreiben, dann natürlich nicht. Unsere Schüler können das unterscheiden.«***

Ich spreche sie auf den »beknackten Satz« an. Berres: ***»Ich kann den Satz gar nicht anstreichen. Der ist zwar nicht schön, aber korrekt. Was meinen Sie, was mir die Eltern sagen, wenn ich so was anstreichen würde?«***

Stimmt. Zwickmühle. Was lässt sich tun? Berres: ***»Wir sprechen solche Sätze im Unterricht an. Nach der Kafka-Regel.«*** Ich schlage nach: K für konkret schreiben. A für aktiv schreiben. F für Füllwörter streichen und Floskeln ersetzen. K für kurz schreiben. A für Adjektive sparsam verwenden.

Ich greife zum nächsten Stapel. Frische Texte. Am selben Tag geschrieben. Von den Jahrgängen 9 und 10. Auf gelbem Papier. Thema: »Das Licht«. Deshalb die gelben Seiten.
Ich bin nicht sicher, wie schnell ich es kapiert habe. Schon nach dem ersten Satz des ersten Textes? Jedenfalls blättere ich auf einmal hektisch in den Texten herum, überfliege sie, ja, es ist überall dasselbe. Wie himmlisch! Die Schüler verwenden Verben. Von Anfang an. Durchgängig.

Hier also ein paar andere erste Sätze von Schülern zum Thema Licht:

»Licht brauchen und benutzen wir in vielen Bereichen unseres Lebens. Licht spiegelt das Bild des Gegenstandes in unseren Augen. Wir brauchen es für unser Wachstum und für Tiere und Pflanzen, die uns ernähren. Es bringt uns Wärme und macht uns glücklich.«

»Wir brauchen die Sonne, da ihre Lichtstrahlen auf Objekte fallen, von dort abprallen und in unsere Augen scheinen. Dort fallen sie durch die Linse, in der sie gebündelt und dann auf die Netzhaut projiziert werden.«

»Ohne das Licht könnten wir den Alltag, wie wir ihn kennen, nicht erleben, geschweige denn überleben. Wir brauchen die Sonne, da ihre …«

»Alle Bewohner unserer Erde, also Tiere, Pflanzen und Menschen, benötigen das Licht zum Überleben.«

Eine Wohltat, oder? Alle Schüler fangen anders an. Alle schreiben lebendig und dadurch lesenswert.

Ich greife wieder zu dem ersten Stapel, mit den Klausuren zur Kurzgeschichte von Kurt Marti. Verwenden die Schüler da auch so viele Verben und mir war es nur nicht aufgefallen? Ja, auch in diesen Texten stecken viele Verben. Nicht ganz so viele wie in den Texten über das Licht, aber immerhin.

Woran liegt das nur? Unterrichten die das etwa hier? Jaaaaaaaaaaaaa! Das ist eines der Prinzipien von Montessori. Auf dem Verb basiert das Schreiben. ***»Das Verb«***, sagt Ulrike Kegler, die ich sofort bestürme, ***»das Verb ist das Entscheidende.«***

Ich solle mal mitkommen, sagt Ulrike Kegler, die sich natürlich über meinen emotionalen Ausbruch freut. Sie zeigt mir eine Werkstatt. Darin sind die Werkzeuge alle nach … Das glauben Sie mir jetzt nicht, ich fürchte, mein Verleger muss ein Beweisfoto springen lassen, aber es stimmt: Die Werkzeuge sind nach Verben geordnet: Statt ***»Hammer«, »Säge«, »Schraubenzieher«*** steht da: ***»hämmern«, »sägen«, »schrauben«***.

Außerdem zeigt mir Frau Kegler ein Buch mit dem Titel: »Jagen nach dem Prädikat«. Es ist eine einzige Verbendusche hier.

Und dann zeigt mir Frau Kegler das Allergrößte. Den Beweis. Den Beweis dafür, dass alle Montessori-Schüler auf der Welt darin geschult werden, dass sich in der Sprache alles um das Verb dreht. Deshalb ist das Verb auch rund. Rund? Ja.

Ich sehe einen Kasten aus Holz. Darin liegen zehn unterschiedliche Wortarten in geometrischen Figuren aus Holz. Das Substantiv ist eine große, schwarze Pyramide. Starr und ein wenig furchteinflößend. Und wofür steht die große rote Kugel, die einzige Figur, die sich bewegen kann?
Fürs Verb!

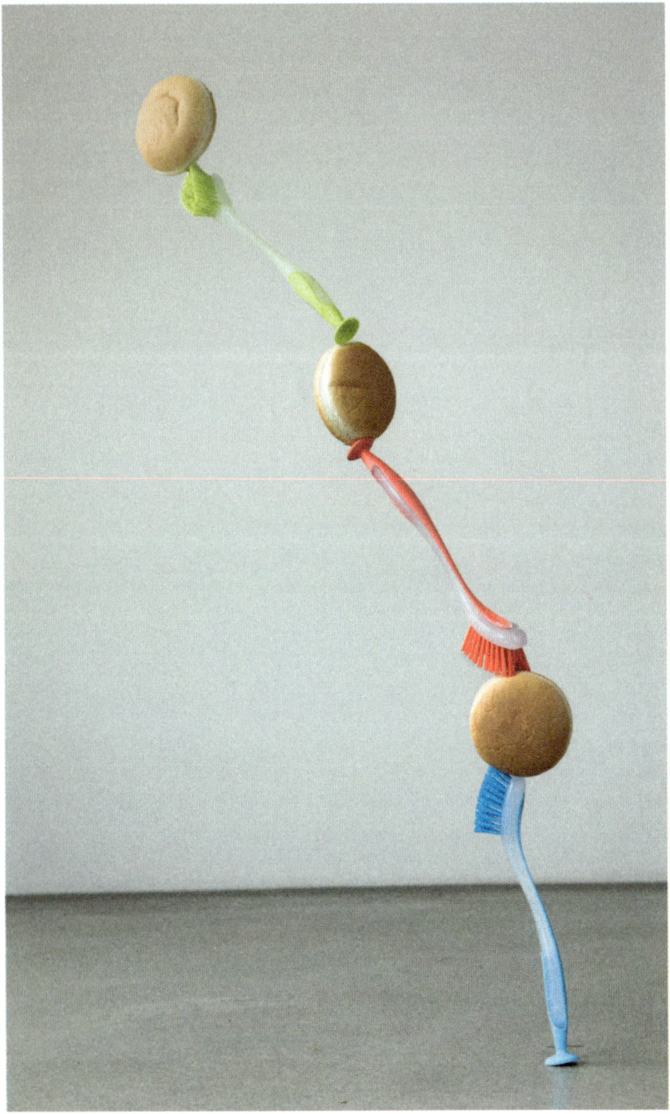

4

Schüler gegen Lehrer, Lehrer gegen Schüler

4. Schüler gegen Lehrer, Lehrer gegen Schüler

4.1 Schüler: Wir wollen eure Raster nicht. Lehrer: Ihr besteht doch darauf

Die Lehrer einer an sich sympathischen Schule in Baden-Württemberg finden nicht, dass sie für schlechte Sprache verantwortlich sind. Schuld sind: die Eltern, die Schüler und auch die Fußballprofis.

Ein Gymnasium im ländlichen Schwabenland. Um 9.35 Uhr sitzen rund neunzig Schüler vor mir und zwei Deutschlehrer. Ich ledere los: Ihr lernt an der Schule nicht, gut zu schreiben. Mit gut meine ich: verständlich und wirkungsvoll. Strengt euch an. Stellt euch auf die Leser ein. Denkt nach. Bringt eine Botschaft. Untersteht euch zu langweilen. Und so weiter, Sie kennen das ja schon.

Es ist mucksmäuschenstill. Die beiden Deutschlehrer legen ihre Stirn in Falten. Ich fordere die Schüler zu Kommentaren auf. Es dauert, bis sich die erste Schülerin traut. Von da an runzeln die Lehrer erst recht die Stirn.

Gleich der erste Satz lautet: ***»Ich habe nach Ihrem Vortrag den Eindruck, ich habe in dreizehn Jahren Schule das Falsche gelernt.«*** Es folgen Kommentare wie: ***»Wenn ich an meine Aufsätze denke, stelle ich mich nach heute infrage.«*** Und: ***»Ich habe mich an verschachtelte Sätze gewöhnt. Wir Schüler gehen davon aus, dass es das ist, was die Lehrer hören wollen.«***

Ich gehe meine Tipps für handwerklich gutes Schreiben durch. Immer anhand von Beispielen. Als ich darauf bestehe, einen hässlichen passiven Satz ins Aktive zu übersetzen, sagt eine Schülerin: **»Ich kann mich nicht erinnern, dass wir einmal Sätze so analysiert hätten wie bei Ihnen.«**

Ich bringe weitere Beispiele für schlechte Sprache: Sätze, die unnötig lang sind; in denen sich zu viele Hauptwörter breitmachen; in denen sich das wichtigste Wort am Ende des Satzes verliert, das Verb; Sätze, die sich durch den Tipp Subjekt, Prädikat, Objekt im Nu verbessern lassen. Immer wieder frage ich: Übt ihr so etwas auch? Nein.

Ich halte fest: Gutes handwerkliches Schreiben wird nicht gelehrt.

Das Problem geht weit über das Handwerkliche hinaus. Es geht um Gleichmacherei. Die Schüler klagen, ihr persönlicher Stil werde nicht respektiert, sie würden in ein Korsett gezwängt. Sie sagen: ***»Was wir schreiben, ist so gleichförmig. Das ist eine Konsequenz der Noten.«*** Und: ***»Die Lehrpläne sind doch Schwachsinn. Wir sollen lernen, alle gleich zu sein.« Und: »Wir sollen interpretieren. Aber wie wir interpretieren sollen, bestimmen die Lehrer. Ist das dann noch interpretieren?«*** Und: ***»Wir lernen Schema F: Einleitung, Inhalt, Interpretation. Dann macht's der Schüler halt so.«***

Ein Lehrer räumt später ein: ***»Die Schüler machen eine Kosten-Nutzen-Abwägung. Der Nutzen ist die Note. Also passen sie sich an das an, was die Lehrer wollen.«***

Die beiden Schulstunden sind rum. Ohne Pause. Ohne dass jemand gestört hätte. Ich bin beeindruckt.

Es folgt die geplante Diskussion mit einer Abiturklasse. Spontan kommt eine weitere Klasse dazu.

Ein Lehrer verteidigt sich. Betont, wie wichtig ihm Sprache ist. Wie sehr er darauf achte, auch in seinen Mails an Schüler gut zu schreiben.
Eine Schülerin dazu: ***»Ich weiß, dass Sie schreiben können. Aber uns fällt es schwer. Wir lernen es nicht.«***
Eine andere Schülerin: ***»Sie verwenden Wörter, die ich nicht kenne. Vor Kurzem haben Sie mir geschrieben, ich sei wie Kassandra. Ich kenne Kassandra nicht.«***
Der Lehrer erwidert: ***»Das müssen Sie auch nicht. Aber schlagen Sie es doch nach. Es kommt in der Schule auch darauf an, dass man sich weiterentwickelt.«***

Mein Lieblingsdialog lautet:
Lehrer: ***»Ich sage euch ständig: Nutzt kurze Sätze.«***
Schülerin: ***»Echt jetzt?«***
Gelächter.
Lehrer: ***»Du hast 14 Punkte. Vielleicht hast du das deshalb noch nicht von mir gehört.«***

Ich finde: Die sind gut hier. Aber vielleicht hätten sie schon vorher mal miteinander reden sollen.

Zum Schluss der Stunde fällt mir etwas auf: ***»Sagt mal«***, frage ich in die Runde. ***»Kann es sein, dass sich in der ganzen Stunde nur Mädchen zu Wort gemeldet haben?«*** Schweigen. Einige Mädchen kichern. Ja, stimmt. Ich schaue die Jungs einen nach dem anderen an. ***»Los, ihr jetzt.«*** Keiner sagt einen Ton.

In der Mittagspause rede ich mit Lehrern weiter. Es geht um die Frage, warum die Schüler nicht besser schreiben. Für die Lehrer ist die Gesellschaft schuld. Genauer gesagt:

a) die Politiker. Weil sie herumschwurbeln und damit durchkommen.
b) die Medien. Weil sie Politiker niedermachen, die sich doch mal was trauen. Sieht man an Peer Steinbrück. Klartext hat sich gerächt.
c) die Fußballprofis. Weil sie nur noch Floskeln absondern. Nur von jungen Spielern hört man ab und zu was Interessantes. Aber nur einmal. Dann stellt man ihnen sofort einen Pressemenschen an die Seite. Der trainiert ihnen ab, etwas zu sagen.
d) das Internet. Weil die Hölle los ist, wenn jemand von der Norm abweicht.

Stimmt wahrscheinlich alles. Aber was ist mit den Lehrern? Haben die keinen Einfluss auf die Schüler?

Die Mittagspause ist vorbei. Die Schule ist aus. Neun Lehrer bleiben, um mit mir zu diskutieren. Der Schulleiter und sein Stellvertreter sind auch dabei. Ich trage mein Anliegen vor. Das hören sich alle freundlich an. Dann kriegen die Schüler ihr Fett ab.

Zunächst geht es um Musterlösungen, die ich als Beispiel für schlechte Sprache angeführt habe. Die Lehrer verteidigen diese Musterlösungen. Nicht weil sie gut seien. Sondern weil die Schüler sie bräuchten. Sie sagen: ***»Die Schüler wollen ein festes Schema. Davon wollen sie nicht abweichen.«*** Und: ***»Wenn Sie Schüler ohne Raster lassen, werden die böse.«*** Und: ***»Genau: Wehe, Sie geben denen kein Raster vor.«*** Und dann sagt ein

Lehrer sogar: ***»Wir Lehrer lehnen diese Musterlösungen ab. Wir machen sie nur den Schülern zuliebe.«***

Nun meldet sich zum ersten Mal der Schulleiter zu Wort. Ein Mann mit festem Händedruck, ohne Allüren. Die Begrüßung zu unserer Runde hat er einem jüngeren Lehrer überlassen. Der Schulleiter sagt: ***»Wir stehen am Ende einer Kette. Wenn Schüler von der Realschule zu uns kommen, können wir nicht ihr Gehirn verändern. Es ist wahnsinnig schwer, in die Köpfe zu kriegen, normales Deutsch zu schreiben.«*** Man könnte meinen, der Schulleiter mache es sich zu leicht. Doch das würde ihm nicht gerecht. Nachdenklich setzt er hinzu: ***»Wie schaffen wir es, Strukturen zu verändern?«***

Diese Frage bleibt ohne Antwort, weil sich schon der nächste Lehrer zu Wort meldet. Die meisten Lehrer zeigen auf. Wie in der Schule. ***»Ich glaube, viele Schüler müssen sich sehr strecken, um sprachlich auf ein bestimmtes Niveau zu kommen. Dabei stürzen sie ab.«*** Fragt sich nur, was unter Niveau zu verstehen ist. Gehört dazu, Schachtelsätze zu bilden und Fremdwörter zu benutzen? ***»Nein«***, sagt ein Lehrer. ***»Ich sage den Schülern immer: Schreib so, als wenn du einer Freundin eine Mail schreibst.«***

Weiter geht's mit der Kritik. Erneut dreht es sich darum, wie wenig selbstständig die Schüler sind: ***»Das Problem ist: Die Schüler schreiben nicht aus eigenem Antrieb, sondern nur, weil wir es von ihnen wollen.«*** Und: ***»Schreiben ist nun mal aufwendig. Die Schüler behaupten, sie müssten Texte so interpretieren, wie wir es ihnen sagen. Es ist aber so, dass sie nicht selbst interpretieren wollen.«*** Und: ***»Ich sage denen, ihr könnt***

schreiben nur durch schreiben lernen. Die aber wollen, dass ich ihnen was auf die Tafel schreibe.«
Etwa vierzig Minuten sind rum. Bisher nur Kritik an den Schülern. Ich gebe zu bedenken, dass nicht nur die Schüler schuld daran sein können, wie sie schreiben. Sonst bringe Schule ja nichts.

Nun kommt ein selbstkritischer Satz. Der erste bisher. Was ich nur festhalte. Diese Lehrer wirken nicht selbstgefällig, nicht über Kritik erhaben. Sie stellen sich. Aber sie haben auch Frust aufgebaut und wollen nicht allein als Sündenböcke dastehen. Ein Lehrer sagt also selbstkritisch: ***»Wir trainieren den Schülern Kreativität ab. Sie müssen für die Prüfer lernen.«*** Andere Lehrer nicken.

Schon ist der Moment der Selbstkritik vorbei. Erneut hagelt es Kritik an den Schülern: ***»Wir sind schon froh, wenn wir grammatikalisch richtige Sätze geliefert bekommen.«*** Und: ***»Nur ein Beispiel: In einer Abiturarbeit schrieb jemand: ›weil er ihr verschweigert hat‹. Gemeint war ›verschwiegen‹. Und: »Ich kann den Schülern zehnmal sagen: Subjekt, Prädikat, Objekt. Die merken sich das nicht.«***

Aber ist Schule nicht gerade dafür da? Dafür zu sorgen, dass es sich die Schüler doch merken? Wieder perlt die Kritik ab. ***»Ansprechpartner ist nur zu einem gewissen Grad die Schule. Es geht um die ganze Gesellschaft.«*** Und: ***»Die Lehrer sind die falschen Adressaten. Um die Eltern geht's.«*** Jemand ergänzt: ***»Und um die Eigenverantwortung der Schüler.«*** Und dann sagt einer: ***»Für wen hat guter Ausdruck denn noch eine Bedeutung? Nur noch für Deutschlehrer.«***

Die Lehrer können es also, die Schüler wollen es aber nicht? Ich bringe ein Beispiel aus dem Lehrerhandbuch zu »Tschick«, das zeigt, wie schlecht Lehrer schreiben, die andere Lehrer unterrichten. Das bringt einen Lehrer in Wallung. Gegen die Autoren solcher Lehrerhandbücher: ***»Das sind Selbstdarsteller. Penetrante Selbstdarsteller.«*** Doch ein anderer Lehrer sagt: ***»Ich oute mich. Ich bringe das den Schülern auch so bei. Ich gebe denen auch Floskeln.«*** Er setzt hinzu: ***»Weil die Schüler das wollen.«***

Als ich später auf dem Bahnsteig stehe, wirbelt es in meinem Kopf. Die Schüler klagen, sie würden gleichgeschaltet. Die Lehrer beklagen, die Schüler wollten alles genau vorgeschrieben bekommen. Liegt die Wahrheit wieder mal in der Mitte?
Wahrscheinlich ist es so: Manche Schüler wollen individueller schreiben, manche nicht. Manche Lehrer wollen, dass ihre Schüler individueller schreiben, manche nicht. Es würde helfen, mehr miteinander zu reden. Heute war schon mal ein Anfang.

4.2. Schüler: Wir wollen keine elitäre Sprache. Lehrer: Wir doch auch nicht

In meiner alten Schule erfreue ich mich sowohl an romantischen Erinnerungen als auch an der Lust der Schüler, sich kritisch auseinanderzusetzen.

Seit 35 Jahren gehe ich zum ersten Mal meinen alten Schulweg. Zum Gymnasium Broich in Mülheim an der Ruhr. Gleich werde ich dort selbst unterrichten. Zwei zehnte Klassen. Vier Schulstunden lang. Schuldirektor Ralf Metzing hatte seinen Deutschlehrern vorgeschlagen, mir ihre Klassen zum Unterrichten zu überlassen. Christin Anderson, eine Referendarin

für Sozialkunde, erklärte sich dazu bereit. Eine Deutschlehrerin nimmt spontan auch noch teil, Heike Quednau.
Eigentlich will ich den Schulweg nutzen, um mich auf meinen Unterricht vorzubereiten, aber zu viele Erinnerungen stürmen auf mich ein. In dieser Straße hier, da wohnte doch die Erika. In die war ich verknallt. Habe ich ihr eigentlich auch eins dieser Zettelchen geschrieben, auf denen steht: »Willst du mit mir gehen?« Und hier wohnte die – na, wie hieß die noch mal? Sie war eine Klasse unter mir und verliebt in mich. Ich aber nicht in sie. Und da vorne wohnte der Volker. Auf dessen Fete bin ich mit Annegret zusammengekommen. Sie bestand darauf, Blues nur mit mir zu tanzen. Ich war zwei Köpfe kleiner als sie. Haben die anderen eigentlich gelacht, als wir schließlich zusammen tanzten?

Da, die Schule. Frisch gestrichene Fensterrahmen in Blau. Hier haben wir mal Schnee von den Fensterbrettern gekratzt und eine Lehrerin mit Schneebällen beworfen. Macht man so was heute noch?

Ey Alter, komm zur Sache, höre ich die Leser rufen.
Ach, schade. War das nicht eine schöne Abwechslung?

Ich steige im Unterricht mit dem Thema »elitäre Sprache« ein. Ich erkläre, was ich damit meine: abgehoben, dicketun mit Fach- und Fremdwörtern, so schreiben, dass es nicht jeder versteht. Schulleiter Ralf Metzing hatte mir vorab gesagt: ***»Ich bin ein Arbeiterkind. Ich kenne das, sich absichtlich intellektuell auszudrücken, um zu zeigen, dass man es geschafft hat.«***

Die Schüler an dieser Schule finden, die Lehrer förderten elitäres Schreiben. Sie sagen: ***»Kurze Sätze bedeuten: schlechte Note.***

Längere Sätze sind einfach mehr angesehen. In Fachbüchern stehen auch so lange Sätze.« Und: »***Die Lehrer wollen immer Fachbegriffe. Wer viele Fachbegriffe bringt, der macht mehr Punkte.***« Und: »***Fachwörter bringen bei Lehrern mehr als verständliche Sprache.***«
Deutschlehrerin Heike Quednau: »***Das bezweifle ich.***«
Schüler: »***Ich habe rumgefragt, so ist es!***« Ein Mitschüler ergänzt: »***Einer hat mal das Wort ›Vulnerabilität‹ in Erdkunde benutzt. Das allein hat einen ganzen Punkt gebracht.***«
Keine Ahnung, ob das stimmt. Entscheidend ist, dass die Schüler es so wahrnehmen und deshalb solche Wörter benutzen.

Nun sagt eine Schülerin etwas, das unter die Haut geht. Dazu sollte man wissen: Das Gymnasium grenzt an eine Realschule; die Schüler können sich auf dem Hof begegnen. Die Schülerin sagt also: »***Wenn ich mit jemandem von der Realschule rede, dann halten die mich für hochnäsig, weil ich ganz anders spreche.***« Dazu hebt sie mit einem Finger ihre Nase hoch.

Einem Schüler fällt dazu ein Witz ein. Er fragt mich: »***Kennen Sie den Witz mit den Schülern von verschiedenen Schulformen, die alle eine Aufgabe lösen müssen?***« Er fängt an zu erzählen, stockt, holt sein Handy raus, schaut nach, liest vor: »***Aufgabe in der Hauptschule: Ein Bauer verkauft einen Sack Kartoffeln für 50 Euro. Die Erzeugerkosten betragen 40 Euro. Berechne den Gewinn.***«
Wir lachen.
»***Aufgabe in der Realschule: Ein Bauer verkauft einen Sack Kartoffeln für 50 Euro. Die Erzeugerkosten betragen 4/5 des Erlöses. Wie hoch ist der Gewinn?***«
Wir prusten.

»Gymnasium: Ein Agrarökonom verkauft eine Menge subterraner Feldfrüchte für eine Menge Geld (G). G hat die Mächtigkeit 50. Für die Elemente aus G gilt: G ist 1. Die Menge hat die Herstellungskosten H. H ist um 10 Elemente weniger mächtig als die Menge G. Zeichnen Sie das Bild der Menge H als die Tilgungsmenge der Menge G und geben Sie die Lösung L für die Frage an: Wie mächtig ist die Gewinnsumme?«
Der Schüler kann vor lauter Lachen kaum weiterlesen.
»Waldorfschule: Ein Bauer verkauft einen Sack Kartoffeln für 50 Euro. Die Erzeugerkosten betragen 40 Euro und der Gewinn 10 Euro. Aufgabe: Unterstreiche das Wort ›Kartoffeln‹ und singe ein Lied dazu.«
Wir lachen und lachen.

Dann wird es wieder ernst:

Schüler: ***»Der Frust ist gestiegen, wie wir schreiben müssen.«***
Lehrerin Quednau wehrt sich, ich habe leider nicht notiert wie.
Derselbe Schüler wie zuvor: ***»Das ist unsere Meinung. Wir wollen hier keinen Schlagabtausch zwischen Lehrern und Schülern.«***
Lehrerin: ***»Für mich als Lehrerin ist es ein Unterschied, wenn jemand unterhaltsam formuliert. Das macht mir ja auch mehr Spaß.«***
Schüler: ***»Ich weiß nicht, ob das wirklich gewünscht ist.«***
Ein anderer Schüler: ***»Ich weiß nicht, kann ich Ironie, Satire oder Sarkasmus bringen – oder gibt es dafür Punktabzug? Ich riskiere das trotzdem.«***
Referendarin Anderson: ***»Haste ja immer gemacht. Dafür habe ich dir einen Extrapunkt gegeben.«***
Lehrerin Quednau: ***»Ich wünsche euch mehr Mut.«***

Ich trage einige der schlechten Musterlösungen fürs Abitur vor. Lehrerin Quednau: ***»Denkt ihr, wir Lehrer sind so unflexibel, dass wir uns daran halten?«***
Schüler, mehrstimmig: ***»Ja.«***

Ich trage aus der Lehrerhandreichung zu »Tschick« die Zusammenfassung des Buches vor.
Schülerin: ***»Das ist das, was Lehrer von uns hören wollen.«***
Lehrerin Quednau: »Dafür würde ich keine 1 geben. Und ich kenne keinen Lehrer, der das tun würde.«
Schüler: ***»Doch!«***

Wie schon in der Schule in Baden-Württemberg beklagen die Schüler auch hier, dass es ums Gleichmachen gehe. Dass ihnen Individualität und Kreativität abtrainiert würden. Die Schüler sagen: ***»Wenn wir anders schreiben, gibt es Punktabzug.«*** Und: ***»Alle schreiben das Gleiche.«*** Und: ***»Die Lehrerin erklärte mir meine schlechte Note damit: ›Das ist einfach zu anders.‹ Wie soll man mit so einer Ansage umgehen? Da passt man sich an.«*** Und: ***»Ein Lehrer hat mir mal gesagt, du kriegst nur eine 3+, weil: Du hast es zu sehr auf den Punkt gebracht.«***

Eine Schülerin hat immerhin Verständnis für die Lehrer: ***»Nach irgendwelchen Kriterien müssen die Deutschlehrer ja bewerten. Wenn jeder anders schreibt, wie wollen die das bewerten?«*** Da hat sie recht. Das ist ein Problem. Aber sollen das wirklich die Schüler ausbaden müssen? Ich sehe ja, wie unterschiedlich sie sind, wie leidenschaftlich, wie sehr sie auf ihre Individualität pochen. In den Schülern steckt verdammt viel. Sie können viel, sie wollen viel. Das ist schon mal beruhigend.

Wenige Tage später schickt mir die Referendarin Christin Anderson die Reaktionen der Schüler auf meinen Unterricht. Hier die komplette Sammlung:

»Ich fand die Idee, Herrn Franz an unsere Schule zu holen, sehr gut. Aber leider waren vier Stunden meiner Meinung nach zu kurz.
Die Ansätze waren super und er hat mich auch inspiriert, keine Frage, aber durch den kurzen Zeitraum, in dem wir Tipps vermittelt bekommen haben, werde ich wahrscheinlich diese Techniken nicht in Klausuren anwenden, da ich immer ein bisschen Zeit brauche, bis mir solche Sachen in Fleisch und Blut übergehen, und mir dann doch die Zeit dazu in Klausuren fehlt. Hätten wir noch mal die Möglichkeit auf so ein Seminar, würde ich sie sofort nutzen, aber das sollte dann schon über zwei Tage gehen, damit es mir wirklich etwas bringt.«

»Ich fand den Workshop gut! Es hat Spaß gemacht, Diskussionen zu führen und eigene Geschichten von Herrn Franz zu hören. Dennoch fand ich es nicht so hilfreich, dass man sich in der Schule an die Bewertungsbögen der Lehrer halten muss!«

»Herrn Markus Franz gelang es, ein für mich neues Bild der Relevanz von Sprache zu präsentieren; denn bisher verfasste ich Texte zwar gerne und leidenschaftlich, tat dies jedoch nie in einem realistischen Rahmen: Ich verfasste Texte nicht, um Leser bzw. Adressaten zu bewegen oder von einer bestimmten Anschauungsweise zu überzeugen, sondern um obligatorischen Anforderungen gerecht zu werden, was eine – gelinde gesagt – zwar egoistische, jedoch durchaus interessante Sichtweise auf die Funktion von Sprache in mir weckte. Wie ich es gerne nenne: die Kunst der Sprache. Lange Satzkonstruktio-

nen, Verschachtelungen – aber vor allem Herausforderung, denn kurze Sätze verfassen kann doch jeder [...], dachte ich. Mir wurde gezeigt, dass meine geliebte ›ars linguae‹ den Kern der Funktion von Sprache verfehlt: Intentionalität. Sprache verfolgt ein Ziel, eine Intention. Es werden Sachverhalte nicht nur vermittelt, sondern sie sollen den Leser wie ein imaginäres Stoppschild auf eine Situation aufmerksam machen; ihn zum Nachdenken anregen, überzeugen, vielleicht sogar auch manipulieren. Dies gelingt nur, indem man ihm diese (die Sachverhalte) portionsweise, verständlich, in kurzen prägnanten Sätzen präsentiert, denn allein dieses Konzept ist wirklich ansprechend, wenn es auch auf den ersten Blick primitiv erscheint. Selbstverständlich werde ich mein Schreibverhalten nicht ändern, da mir die Kunst und Herausforderung eher gefällt und liegt, jedoch wurde mir gezeigt, dass auch in der Kürze Vieles steckt, besonders, wenn man darauf aus ist, seine Texte nicht dem Selbst, sondern Lesern zu widmen. Ich bitte darum, mögliche syntaktische oder orthographische Unstimmigkeiten zu entschuldigen.«

»Also ich persönlich fand die Veranstaltung mit dem Redenschreiber am Freitag teilweise gut, manchmal jedoch auch etwas langweilig, da manche Dinge mehrmals angesprochen wurden. Man hat zwar gemerkt, dass der Redenschreiber uns von seiner Meinung überzeugen wollte, allerdings kam es für mich so rüber, als wollte er am liebsten das komplette Schulsystem verändern. Dies fand ich etwas zu viel. Trotzdem fand ich es sehr gut, dass uns die wichtigsten und einfachen Regeln für das Schreiben mit auf den Weg gegeben wurden. Die Art, wie wir Schüler miteinbezogen wurden, fand ich ebenfalls gut.«

»Mir hat die Stunde sehr gut gefallen. Vor allem wie es im Verlauf mehr und mehr zu einer richtigen Diskussion entwickelt hat. Die Tipps, welche uns mit auf den Weg gegeben wurden, fand ich sehr hilfreich und hoffe, diese in meinem weiteren Leben nutzen zu können.«

»Ihr Workshop hat mir einige gute Tricks für das Schreiben gezeigt. Nicht nur in der Schule, sondern auch später im Leben werde ich diese sicher gut verwenden können. Sie sollten diese ›Events‹ auf jeden Fall weiterführen. An vielen anderen Schulen könnten sie auch kreative Schüler inspirieren und ermutigen. Nur Vorsicht mit den kurzen Sätzen. Wenn Sie das zu sehr betonen, schreiben die Leute in Zukunft nur noch im Telegramm-Stil.«

4.3 »Frieden« von Franziska Ristok

Eine Schülerin zeigt, wie gut sie schreiben kann, wenn sie frei schreiben darf. Aber erst mal müssen Sie sich durch eine Klausur durcharbeiten.

Aufgabe der Klausur war eine »Analyse eines Sachtextes mit weiterführendem Schreibauftrag«. Die Hinweise lauteten:

»1. Analysieren Sie den Text, indem Sie
- einleitend neben den Textdaten das Thema zusammenfassend benennen,
- die Argumentationsstruktur herausarbeiten,
- kennzeichnen, was Rosenberg unter ›moralischen Urteilen‹ und unter Werturteilen versteht und wie er diese Urteile jeweils bewertet ...«

Den Rest der »Aufgabenstellung« sparen wir uns. Die Schülerin schreibt:

»Der Auszug ›Gewaltfreie Kommunikation‹ aus dem informativen Sachtext ›Gewaltfreie Kommunikation. Eine Sprache des Lebens‹, [hier hat die Lehrerin ein Häkchen an den Rand gemacht] geschrieben von Marshall B. Rosenberg und veröffentlicht von dem Jungfermann-Verlag im Juli 2005, thematisiert die Art, persönlich zu kommunizieren. Die deutsche Sprache ist voll von Wörtern, die über etwas urteilen. Doch hilft uns das in unserem Leben weiter? In der folgenden Analyse möchte ich die Argumentationsstruktur von Rosenberg herausarbeiten. [Kommentar der Lehrerin: ›Sehr schöne Hinführung zur Analyse‹] Danach werde ich die Begriffe ›moralische Urteile‹ und ›Werturteile‹ erklären und abschließend auf die Intention und Wirkung des Textes eingehen.
Der vorliegende Text lässt sich in sechs Sinnabschnitte gliedern. Im ersten Sinnabschnitt (2.1-9) wird zunächst die Hauptthese ›Eine Art lebensentfremdender Kommunikation sind moralische Urteile‹ aufgestellt. Diese hilft dem Leser, das Thema des Textes von Beginn an zu verstehen. Um den Text verständlich zu gestalten, [wieder ein Häkchen der Lehrerin] nutzt Rosenberg Beispiele wie: ›Das Problem mit Dir ist, daß du zu selbstsüchtig bist‹ (2.3f). Diese sollen verdeutlichen, dass mit der Hauptthese böse Unterstellungen gemeint sind. Auch die Aufzählung mit Klimax in den Zeilen fünf bis sechs ist zur besseren Verständlichkeit gedacht …«

Hier haben wir's in ganzer Pracht, wie Schülerinnen und Schüler in Deutschland schreiben sollen und dann auch schreiben. Den viel zu langen, langweiligen Einstiegssatz mit den fünf Anforderungen: Titel, Autor, Textart, Erscheinungszeit und Thema. Zu sagen, was man vorhat, statt sich das zu sparen und die Leser direkt zu fesseln. Die Formulierung »**Der vorliegende Text**«. Der Nachweis, wie der Text gegliedert ist. Aber haben wir Leserinnen und Leser schon irgendwas davon gehabt?

Und jetzt schauen Sie mal, wie die Schülerin in ihrer Freizeit schreibt. Das ist jetzt wirklich Franziska Ristok. Ungeschminkt, unkorrigiert.

»Frieden

Frieden ist glaube ich 'ne ziemlich große Sache, vielleicht sogar die größte. Frieden, das ist ein Wort, ein Substantiv, ein Begriff. Deshalb wird es Groß geschrieben und das ist auch richtig so. Dieses Wort aus 7 Buchstaben gibt es in den unterschiedlichsten Varianten. Man kann ein -lich dranhängen, dann wird es zu einem Adjektiv. Man kann aber auch Buchstaben auswechseln z.B. einfach das ›i‹ und das ›n‹ wegnehmen und stattdessen hinter das ›e‹ ein ›u‹ schrieben. Dann ergibt es das Wort Freude.
Jetzt denkst du wahrscheinlich: ›Was erzählt die denn für einen Quatsch!?! Das interessiert mich doch überhaupt nicht!‹ Und genau das meine ich. Wenn du an das Wort Frieden denkst, denkst du nicht an seine Grammatik, sondern an seine Bedeutung. Die Bedeutung. Die Bedeutung von etwas. Die Bedeutung von einem Wort. Die Bedeutung von einem Substantiv. Die Bedeutung von einem Begriff. Die Bedeutung von Frieden. Wie du merkst, die Bedeutung von Frieden umfasst viele andere Bedeutungen. Die Bedeutung von Frieden ist also vielfältig und riesig.
Wenn du jetzt auf die Straße gehen würdest und die Menschen fragen würdest: ›Was bedeutet Frieden?‹ würdest du wahr-

scheinlich zu 65% die Antwort: ›Frieden bedeutet, dass kein Krieg herrscht.‹ bekommen. Die restlichen 35% würden sich keine Gewalt, keine Waffen, Kein Hunger & keine Qualen teilen.
Fällt dir daran nichts auf? Die Leute erzählen dir alle nur was Frieden nicht ist. Wenn du sie darauf ansprichst fallen Wörter wie Freiheit, Glück, Ordnung, Ruhe, Liebe, aber irgendwie fühlt sich das nicht richtig an. Warum nicht? Na, weil das alles Verallgemeinerungen sind! Ich zeig dir, wie das funktioniert

Kleine Kinder bekommen oft eingetrichtert ›Gott ist gut‹. Nun stell dir mal vor, Kinder aus dem 3. Schuljahr sitzen im Relliunterricht und die Lehrerin fragt: ›Was bedeutet Gott?‹ Da ist es doch ein großer Unterschied, ob das Kind sagt ›Gott ist gut‹ oder, ob es sagt ›Gott ist mein Papi‹. Beide Antworten sind richtig. Überhaupt alle Antworten auf diese Frage sind richtig. Sachlich, Allgemein oder Persönlich, ALLES ist richtig, weil Gott alles ist.
Frieden kann auch alles sein. Du kannst ihn überall finden, du musst nur suchen. Ich zum Beispiel denke jetzt an Kinder die mitten im Krieg friedlich miteinander spielen. Wenn also überall Frieden zu finden ist, dann kannst du auch überall Frieden stiften. Damit wäre die Bedeutung geklärt.

Darf ich dir jetzt eine Frage stellen? ›Was bedeutet Frieden?‹ Jetzt fängst du wahrscheinlich an zu überlegen. Du überlegst nämlich jetzt, welche Art von Antwort du geben sollst. Sachlich, Allgemein, Persönlich? Bitte, nimm doch bitte die Persönliche Antwort! Überleg mal kurz, wo du für dich Frieden findest, stell dir die Situation vor an der du das letzte Mal Frieden erlebt hast…

…hast du deinen Frieden gefunden? Ganz einfach oder? Wo wir beide unseren Frieden nun gefunden haben, sollten wir ihn auch anwenden, sonst wäre er doch die reinste Verschwendung! Gerade jetzt an Weihnachten, wo wir das Fest der Liebe und des Friedens feiern, sollte der Frieden unbedingt anwesend sein.

Also, lass dir was einfallen!!!

von Franziska Ristok«

5 Selbstversuch

5. Selbstversuch

Ich darf eine Klasse unterrichten. Zwei Tage lang. Um zu zeigen, dass ich es besser kann. Ha, klarer Fall von Selbstüberschätzung. Ein Schüler macht mich erst hinterher froh.

Jetzt muss ich zeigen, was ich kann. In der Fritz-Karsen-Schule, einer Gemeinschaftsschule im Berliner Bezirk Neukölln. Hier darf ich testen, ob ich den Schülerinnen und Schülern in kurzer Zeit beibringen kann, besser zu schreiben. Einfach, indem ich ihnen beibringe, was ihnen die Lehrer nicht beibringen: Simples Handwerkzeug. Und indem ich ihr Sprachgefühl wecke. Wollen wir mal sehen.

Ich unterrichte eine 11. Klasse. Zwei Tage lang, von 9 bis 14 Uhr. Zwanzig Schüler. Weitere Schüler dieser Klasse sind auf einem Ausflug. Der Klassenlehrer, Holger Liebich, stellt mich nur kurz vor und lässt uns dann allein. Zum Feedback am zweiten Tag kommt er zurück.

Am ersten Tag halte ich nur bis 13 Uhr durch. Ich bekomme einfach keine Ruhe in die Klasse. Einige Schüler quatschen mit ihren Nachbarn. Das bin ich nicht gewohnt. Mein Unterricht ist offenbar nicht für alle interessant genug. Dabei mag ich die Schüler dieser Klasse. Sie sind nett zueinander. Und mir gegenüber respektvoll und ehrlich.

Vielleicht fällt mir das Unterrichten so schwer, weil die Schüler so unterschiedlich sind. Was die einen interessiert, lässt die anderen kalt. Was die einen fordert, überfordert die anderen. Obwohl doch mein Anspruch gerade ist, alle zu erreichen. Gelingt mir aber nicht. Jedenfalls nicht am ersten Tag. Am zweiten läuft es besser. Da diskutieren wir erbittert. Und die Schüler staunen darüber, wie gut sie schreiben können.

Ich widerstehe der Versuchung, chronologisch zu berichten. Von dem ersten Gespräch mit Schulleiter Robert Giese, der Diskussion mit dem Lehrerkollegium (Anhang 1), dem Treffen mit Deutschlehrer Holger Liebich, der mir seine Klasse überlässt, und einem ersten Kennenlernen der Klasse. Das wäre Schule. Immer schön der Reihe nach. Einleitung. Hauptteil. Schluss. Aber ich vermute, Sie interessiert eher der Unterricht. Der jetzt beginnt.
Gong.

Der Unterricht beginnt

Wir stellen uns alle vor (Anhang 2), dann sage ich sinngemäß:

»Wir erarbeiten uns nun das Handwerk des Schreibens. Ich stelle euch ein schlechtes Beispiel für Sprache vor, ihr sagt mir, was daran nicht gut ist und welche Regel sich daraus ableiten lässt. Ich sage ›Regeln‹, meine aber Tipps. Ich will gerade nicht, dass ihr alle gleich schreibt. Sondern so, wie es zu euch passt, wie ihr seid: unverwechselbar, einmalig. Eine amerikanische Autorin hat es mal so gesagt, Peggy Noonan: ›Der größte Vorteil, den jeder von euch hat, ein Vorteil, den euch nie jemand nehmen kann: Du bist das einzige Du.‹ Also versucht nicht, euch austauschbar zu machen. Verfolgt euren eigenen Weg. Sonst ersetzen euch irgendwann Maschinen. Glaubt an euch, macht das Beste daraus, wie ihr seid.«

Das finden einige Schüler schon mal gut, wie ich an ihren Gesichtern ablesen kann. An anderen geht es vorbei. Vermutlich auch an den Schülerinnen aus Syrien und dem Libanon, die beim Vorstellen erzählt hatten, dass sie in ihren Heimatländern vor allem auswendig lernen mussten. Das eher selbstständige Arbeiten an der deutschen Schule falle ihnen daher schwer.

Erstes Beispiel:

»Die Bundesregierung hat die Energiewende, die sie groß angekündigt hat, total verschlafen und dadurch eine gute Zukunft für unser Land unsäglich gefährdet.«

Es läuft ähnlich wie mit den Erwachsenen in meinen Seminaren. Jemand stört sich zunächst an dem Wort ***»unsäglich«***, dann an dem Wort ***»total«***. Dass es sich um Adjektive handelt, sagt niemand. Und als ich an die Tafel schreibe: ***»Weg mit den Adjektiven«***, scheint niemand so recht überzeugt zu sein. Klar, ist ja auch übertrieben. Ich meine eigentlich nur, dass wir weniger wertende Adjektive gebrauchen sollten. Weil sie einem eine Meinung aufdrängen. Und weil sie ein fauler Ersatz dafür sind, etwas so zu beschreiben, dass sich die Leser ihre eigene Meinung bilden können.

Ich erzähle, wie ich mal von einem Seminar nach Hause kam, meine Frau Julia fragte, wie es gewesen sei, und ich antwortete: ***»Schön.«*** Daraufhin sie: ***»Fauler Sack.«*** Recht hatte sie. Das »schön« war faul. Es sagt nicht viel aus. Ich hätte erzählen sollen, wie es war, und dann hätte sie vielleicht gesagt: ***»Schön!«*** So geht Schreiben!

Schüler: ***»Die Lehrer sagen, wir sollen die Texte ausschmücken. Mit vielen Adjektiven.«***

Tja. So schreiben wir dann auch in der Politik. Die Vorschläge der anderen sind »absurd« und die eigenen sind ***»alternativlos«***.

Wie lautet der Beispielsatz ohne die Adjektive?

»Die Bundesregierung hat die Energiewende verschlafen und gefährdet dadurch unsere Zukunft.«

Schüler: ***»Man versteht den Satz jetzt besser.«***
Na bitte. Trotzdem. Ich habe nicht den Eindruck, einen Nerv der Schüler getroffen zu haben.

Zweites Beispiel:

»Unter dem Leitgedanken ›Versöhnung über den Gräbern‹ hat es sich der Volksbund zur Aufgabe gemacht, an den Gräbern der Opfer von Krieg und Gewaltherrschaft verstärkt junge Menschen, die kaum noch familiären Bezug zum Krieg haben, für die Folgen von Krieg, Gewalt und Vertreibung zu sensibilisieren.«

Klar, der Satz ist zu lang. Stört alle. Einige verstehen den Satz nicht.
Schülerin: ***»Kurze Sätze sind kein Thema in unserer Schule.«***
Schüler: ***»Die Texte, die wir bearbeiten, sind auch immer so lang und kompliziert.«***
Schülerin: ***»Wir müssen immer lange überlegen, was die Texte überhaupt bedeuten.«***

Gleichlautende Kommentare folgen. Das ist definitiv ein Thema hier: die Texte aus dem Unterricht, die als langweilig und schwer gelten. Was auch an langen Sätzen liegt.

Ich lasse alle den Beispielsatz umformulieren. Das Ergebnis ist durchwachsen. Aber einige Schüler schaffen es, dem Kern nahe zu kommen: ***»Der Volksbund sensibilisiert junge Menschen für Krieg und Vertreibung.«*** Weitere Informationen wie der ***»Leitgedanke***« können folgen.

Nächstes Beispiel:

Eine Frage an Teilnehmer eines Schreibseminars: ***»Was sind eure Erwartungen an das Seminar?«***
Antwort eines Teilnehmers: ***»Qualitative Verbesserung der Reden sowie Verkürzung des benötigten Zeitaufwands.«***

Es dauert, bis die Schüler verstehen, worauf ich hinauswill. Ich lege weitere Beispiele nach. Zum Beispiel: ***»Die Verteilung der Mittel erfolgt durch den Gemeinderat.«*** Ich meine natürlich diese verdammten »ung«-Wörter. Bürokraten verwenden gerne »ung«-Wörter. Und Juristen. Überhaupt alle, die sich nicht um Sprache scheren.

Wie könnten Beispielsatz und Antwort besser lauten?

»Was erwartest du von dem Seminar?«
»Schneller und besser zu schreiben!«

Klar, nicht alle »ung«-Wörter sind schlecht oder vermeidbar. ***»Haltung«*** zum Beispiel. Mir geht es vor allem um »ung«-Wörter, die sich durch Verben ersetzen lassen.

Eine Schülerin meldet sich. Verlegen. Vorher hatte sie mit ihrer Nachbarin getuschelt. Ich gehe zu ihr. Sie zeigt auf einen der Zettel, die ich ausgeteilt hatte. Genauer: Sie zeigt auf das Wort

»Übungen«, das ich fett darübergeschrieben hatte. Sie: ***»Du hast doch gerade gesagt, dass diese Wörter schlecht sind.«*** Ich fasse mir an den Kopf. ***»Recht hast du. Super. Du bist die Erste, die das bemängelt.«*** Die Schülerin ist erleichtert. Sie freut sich, zusammen mit ihrer Nachbarin. Ich freue mich auch. Vielleicht habe ich zumindest diese Schülerin für Sprache sensibilisiert.

Für diesen Bericht kürze ich nun ab. Lasse weitere Regeln außen vor, wie: Aktiv schreiben. Verben benutzen. Verben nach vorn. Hauptsachen in Hauptsätze. Subjekt, Prädikat, Objekt. Das können Sie im Kapitel 8.4 nachlesen.

Gegenwind

Wir üben, überladene Sätze von ***»Wortmüll«*** zu befreien, so nenne ich es jedenfalls. Ich zitiere dazu den Autor E.A. Rauter: ***»Alles Überflüssige schadet der Aufmerksamkeit.«***

Eine lebhafte Diskussion beginnt. Ich kriege reichlich Kontra. Ich schlage vor, statt ***»qualitative Verbesserung«*** einfach ***»besser«*** zu schreiben.
Schülerin: ***»Die Lehrer wollen aber qualitative Verbesserung.«***
Ich: ***»Aber das ist doch nicht schön, oder?«***
Schüler: ***»Die Lehrer erwarten, dass wir so kompliziert schreiben.«***
Schülerin: ***»Unser Lehrer sagt sonst: Das ist kein Oberstufen-Niveau. Das ist kindisch geschrieben.«***

Nächstes Beispiel:

Eine Schülerin verwendet beim Umschreiben eines Satzes das Wort ***»prallen«*** statt ***»kollidieren«***. Ich hatte das gelobt.

Eine andere Schülerin: ***»›Prallen‹ statt ›kollidieren‹, das geht gar nicht.«***
Vor allem mit dieser Schülerin entwickelt sich ein Dialog.
Ich: ***»Würdest du wirklich ›kollidieren‹ sagen?«***
Die Schülerin: ***»Ich würde nie so reden. Aber für die Lehrer würde ich so schreiben.«***
Ich: ***»Aber darum geht's mir ja gerade. Dass ihr nicht für die Lehrer schreibt. Sondern so, wie es schön ist.«***
Oh Mann, bin ich naiv.
Die Schülerin: ***»Die Lehrer wollen sehen, dass wir fachkompetent sind.«***
Ein Schüler: ***»Die Lehrer sitzen am längeren Hebel.«***
Ein anderer Schüler: ***»Das Wichtigste ist, sich mit allen Lehrern zu verstehen.«***
Ich versuche es noch mal: ***»Aber ist es beim Schreiben nicht am besten, wenn einen alle verstehen? Dafür ist Schreiben doch da. Dass man verstanden wird. Ihr beklagt euch doch auch darüber, dass Texte so schwer zu verstehen sind. Und fühlt euch dann nicht wohl.«***
Die Schülerin: ***»Es ist wichtig, Fachbegriffe zu lernen. Ich gebe damit wieder, was ich lerne. Ich zeige damit, dass ich es richtig verstanden habe.«***
Eine andere Schülerin widerspricht: ***»Aber wenn man sich einfach ausdrückt, dann zeigt man doch, dass man es verstanden hat.«***
Die Schülerin: ***»Das zeigt Fachkompetenz. Sonst müsste ich nicht zur Schule gehen. Die Arbeitgeber wollen auch Fachwörter. Du zeigst damit, dass du weißt, was es bedeutet.«***

Weiter geht's mit dem Wort ***»Bildungswesen«***. Ich bezeichne es als ***»Mistwort«***. Die Schülerin widerspricht erneut: ***»Das Wort***

›Bildungswesen‹ finde ich gut. Ich will kein Grundschulniveau.«

Dazu fällt mir nichts mehr ein. Na gut, dann hat sie halt das letzte Wort.

Ich schütte mir Wasser über den Kopf

Es wird jetzt Zeit, meine Geheimwaffe auszupacken. Das verschafft mir Luft und macht den Schülern wahrscheinlich Spaß. Ich steige auf mein Pult, schütte mir ein Glas Wasser über den Kopf und zeichne mit den Fingern der rechten Hand drei Buchstaben in die Luft. Dann steige ich vom Pult und gebe den Schülern folgende Aufgabe: Stellt euch vor, ihr müsst zu meiner Beerdigung oder zu meinem sechzigsten Geburtstag eine Rede auf mich halten. Verwendet das, was ihr gesehen habt.

Ich bezwecke damit, dass die Schüler sehen, dass sie schreiben können. Denn das ist das Zauberhafte an dieser Übung: Sie funktioniert bei fast jedem. Wenn wir darüber schreiben, was wir sehen, was uns bewegt, wenn wir ohne Zwänge schreiben, dann schreiben wir gut.

Hier nur zwei der Texte. Die anderen finden Sie im Anhang 3. Die Schüler hatten 15 Minuten Zeit.

»Du bist tot. Jetzt ist alles wieder im Lot. Endlich bist du weg, liegt regungslos in deinem Bett. Ein bisschen verrückt warst du. Standst auf dem Tisch mit deinen schwarzen Schuhen. Hast dir Wasser übern Kopf gekippt, danach bist du umhergewippt. Wurdest erst lila und dann blau. Deine Haut wurde wie dein Haar ganz grau.

Dann kam der Arzt, während du noch immer auf dem Boden lagst. Sie nahmen dich mit, doch ich wusste genau: du wirst sie hiernieden nicht wieder sehen, deine Frau. Also fuhr ich zu dir nach Haus, deine Frau kam mit bleichem Gesicht hinaus. Draußen sagte ich ihr: er ist von uns gegangen. Tränen hat sie in sich gefangen. Sie sagte: ich wusste, es wird irgendwann so kommen, er hat immer so dumme Sachen unternommen. Irgendwie trauere ich doch um dich, du mit deinem dauerlächelnden Gesicht und deinem Durchschnittsgewicht.«

»Du warst schon immer jemand Besonderes. Etwas anders als die anderen. Etwas lauter, etwas aktiver, etwas ehrlicher. Eben etwas ganz Besonderes. Ich weiß es noch ganz genau, als wir gemeinsam in diesem schicken Restaurant essen waren und der Kellner gemeint hat, wir können uns das nicht leisten. Du bist einfach auf den Tisch gestiegen und hast den teuren Champagner über den Kopf gekippt. Dann hast du mit deinen Fingern Richtung Tor gezeigt und wir sind abgehauen. Glaubt mir, diesen Tag wird der Kellner nie vergessen. Genauso wenig werden wir dich vergessen. Lass es dir da oben gut gehen. Und irgendwann trinken wir wieder gemeinsam Champagner.«

Puh. Mit dieser Übung ist schon mal viel gewonnen. Die Schüler strahlen. Es hat ihnen gutgetan, wie sie die Aufgabe gelöst haben. Sie sehen, dass sie schreiben können.

Ihr Lehrer, Holger Liebich, erklärt das später so:

»Der gedankliche und analytische Anteil bei den traditionellen Aufgaben im Fach Deutsch ist sehr, sehr hoch; und ich fühle, dass unsere Schüler nicht gewohnt sind, knobelnd und sich informierend am Schreibtisch zu sitzen. Freies, kreatives

Schreiben: das geht eher, weil sie ihren Assoziationen folgen können und ihrem Gefühl für Witz und Zusammenhang einer Sache, die sie sich schon erschlossen haben.«

Wir schreiben den immer gleichen, beknackten ersten Satz um

Darauf hatte ich mich von Anfang an gefreut: die Texteinstiege. Weil ich glaube, den Schülern vermitteln zu können, dass ihre Texte besser werden, wenn sie sich nicht in das Korsett des ersten Satzes schnüren lassen.

Ich hatte die Klausuren der Schüler gelesen, die sie im Herbst 2016 geschrieben hatten. Die erste Klausur der 11. Jahrgangsstufe. Eine Interpretation der Kurzgeschichte »San Salvador« von Peter Bichsel, erschienen im Jahr 1964. Es geht um einen Mann, der seiner Frau einen Abschiedsbrief schreibt, es dann aber doch nicht fertigbringt, sie zu verlassen.

Alle 25 Schüler fingen ihre Interpretation mit dem gleichen Satz an. Dem gleichen Satz. Alle 25.

Der erste Satz lautete: ***»In der Kurzgeschichte ›San Salvador‹ von Peter Bichsel, erschienen im Jahr 1964, geht es um ...«*** Ab hier unterscheiden sich die Sätze ein wenig. Aber nicht viel.

Ich will der Klasse Alternativen zeigen. Und sie danach ihren Einstieg neu schreiben lassen. Damit stoße ich auf Widerstand. Die Schüler sagen: ***»Wenn wir den gewünschten Einleitungssatz nicht schreiben, gibt es Punktabzug.«*** Und: ***»Alles in den ersten Satz reinzuschreiben, ist die einfachste Lösung.«*** Und: ***»Ich***

schreibe lieber denselben Satz wie alle, wenn ich dafür die volle Punktzahl bekomme.«
Weiter geht's: ***»Man muss sich in die Lehrer hineinversetzen. Die wollen das so.«*** Und: ***»Wir müssen alles in einen ersten Satz schreiben. Sogar in Englisch.«*** Und: ***»Ich finde es besser, anders anzufangen. Aber anders geht nicht.«*** Und: ***»Ich fange so an wie gewünscht: dann kriege ich eine 2+ save.«*** Und: ***»Ich würde gerne anders anfangen. Wenn ich dafür dieselbe Note kriege, mache ich das. Ist aber nicht so.«***

Ich frage mich: Macht es unter diesen Umständen überhaupt noch Sinn, an meinem Vorhaben festzuhalten? Ich bin kurz davor aufzugeben. Aber das wollen wir doch mal sehen. Stur trage ich meine Alternativen vor (Anhang 4). Und lasse die Schüler einen neuen Anfang schreiben.

Sie schreiben:

»San Salvador, was ist das für ein Titel? San Salvador ist die Hauptstadt des mittelamerikanischen Staates San Salvador. Geschrieben wurde diese Geschichte 1964. Es geht um einen nicen Dude namens Paul, der nebenbei noch ein Familienvater ist. Er fragt sich, was ihn noch zu Hause hält, und entscheidet kurzum, nach dem geilen Bürgerland Amerika auszuwandern. San Salvador. Im Endeffekt entscheidet er sich dagegen und bleibt bei seiner Familie.«

»Wonach sehnt sich Paul? Nach Liebe, Abenteuer, Abwechslung? In der Kurzgeschichte ›San Salvador‹ aus dem Jahr 1964 befasst sich Peter Bichsel mit dem Familienleben von Paul und dem Tag, an dem dieser merkt, dass er etwas verändern möchte.«

»Paul schreibt einen Abschiedsbrief an seine Familie. Doch kann er sie verlassen? Diese Situation beschreibt Peter Bichsel in der Kurzgeschichte von Salvador, die im Jahr 1964 erschienen ist.«

»Stellt euch vor, ihr kauft euch einen neuen Füller. Was würdet ihr zuerst machen? Würdet ihr wie der Familienvater Paul auf einen Zettel ›mir ist es hier zu kalt. Ich gehe nach Südamerika‹ schreiben? Was diese Botschaft aus der Kurzgeschichte San Salvador von Peter Bichsel (aus dem Jahr 1964) wohl bedeuten soll?«

»Was tun, wenn einem langweilig ist? Und wie kann sich das auf eine Ehe auswirken? In seiner Kurzgeschichte San Salvador geht Peter Bichsel darauf mit einem simplen Beispiel ein.«

»Wie schwer es ist, seine Familie zu verlassen, zeigt die Kurzgeschichte von Peter Bichsel. ›San Salvador‹ erschien im Jahr 1964 und befasst sich mit der Problematik der Ehe und den Gedanken, die sie mit sich bringen.«

»Wie geht man mit Langeweile um? Wie sieht eine Ehe in späteren Jahren aus? Diese Themen beleuchtet Peter Bichsel in seiner Kurzgeschichte San Salvador von 1964.«

Gut, oder? Das finden auch die Schüler. Aber was nützt es – wenn es dafür Punktabzug gibt?

Einmal wenigstens habe ich offenbar doch recht gehabt

Aber das können wir ja gleich klären. Der Klassenlehrer, Herr Liebich, kommt zur Feedback-Runde am Ende der beiden Tage dazu. Das Fazit der Schüler finden Sie im Anhang 5.

Ich bitte eine Schülerin, ihren Texteinstieg vorzulesen. Sie liest:

»Wonach sehnt sich Paul? Nach Liebe, Abenteuer, Abwechslung? In der Kurzgeschichte ›San Salvador‹ aus dem Jahr 1964 befasst sich Peter Bichsel mit dem Familienleben von Paul und dem Tag, an dem dieser merkt, dass er etwas verändern möchte.«

Herr Liebich, mit ernsten Blick: ***»Das geht so natürlich gar nicht. Dafür würdest du keinen Punkt bekommen.«*** Die Schülerin guckt betroffen. Auch ich bin irritiert. Meint der das ernst? Herr Liebich führt sein Spielchen noch ein bisschen fort. Dann lässt er die Katze aus dem Sack:

»Natürlich würde ich dir dafür die volle Punktzahl geben. Es gibt einen Raum fürs Schreiben. Ein guter Text führt ein, interessiert die Leser. Wir wollen euch nicht Regeln überstülpen, in denen ihr erstickt. Regeln sind nur Krücken, um euch zu helfen.«

Ich atme tief durch. Versuche, nicht triumphierend zu gucken. Gut gegangen.

Die Schüler sind verblüfft. Das hören sie offenbar zum ersten Mal. Jahrelang haben sie ihre Deutschklausuren unter dem Eindruck geschrieben, nach Schema F beginnen zu müssen. Ist aber nicht so. Jedenfalls nicht bei diesem Lehrer.

Eine andere Schülerin fragt: ***»Man kann in der Einleitung aber nicht deuten – oder?«***
Liebich: ***»Doch. Eine Inhaltsangabe ohne Deutung ist nicht möglich. Nur wenn man schön einleitet, hat man ja auch für sich die Motivation, weiterzuschreiben.«***

Ich kenne das schon von ihm. Wir hatten uns vorher darüber unterhalten. Aber warum wissen die Schüler das nicht? Liebich sagt: ***»Sie müssten es eigentlich wissen. Aber für viele ist es nun mal einfacher, sich an das Schema des ersten Satzes zu halten.«***

Meine Lehre daraus, wieder einmal: Wir können die Schüler nicht über einen Kamm scheren. Manche wollen das Korsett des ersten Satzes, andere nicht. Manche wollen werten, andere nicht. Manche wollen kreativ schreiben, andere nicht.

Und doch, und das zeigt nicht zuletzt die Übung mit dem Wasser über den Kopf: Alle können sich so ausdrücken, dass es lesenswert ist. Alle haben ihre eigene Sprache. Und die ist schön.

Das zeigt sich auch wenige Wochen später. Ich erhalte eine Mail. Ein Schüler »meiner« Klasse hatte an einem Poetry Slam teilgenommen. Sein Text spiegelt meinen Unterricht (Anhang 6). Schon allein dafür hat es sich für mich gelohnt.

Anhang 1: Warmlaufen beim Lehrerkollegium

Es dauert natürlich, bis mir die Fritz-Karsen-Schule ihre Schüler anvertraut. Zunächst treffe ich mich mit Schulleiter Robert Giese. Dann mit dem Lehrerkollegium. Von diesem Gespräch möchte ich berichten. Einiges davon wird Ihnen nicht neu vorkommen. Sie haben es schon von Lehrern anderer Schulen gelesen. Ich finde das beruhigend. Wenn viele ähnliche Probleme haben, wird es Lösungen geben, die vielen helfen.

Das Niveau der Schüler an dieser Schule scheint geringer zu sein als an den Gymnasien, die ich zuvor besucht hatte. Ohne auch nur eine Spur herablassend oder genervt zu sein, sagen die Lehrer:

»Wir haben viele Schüler nichtdeutscher Herkunft. Das macht es schwerer, gut Deutsch zu sprechen und erst recht zu schreiben.«

»Viele unserer Schüler sind Schreiben nicht gewohnt. Sie haben kein bildungsbürgerliches Umfeld.«

»Die sprachlichen Voraussetzungen sind gering. Viele Schüler scheitern daran, inhaltliche Zusammenhänge zu erfassen.«

»Es kann sein, dass ein Schüler nicht mal weiß, was ein Gartenschlauch ist.«

»Selbst der kleinste Text in der Berliner Zeitung ist gespickt mit Wörtern, die manche Schüler nicht verstehen.«

»Wir müssen die Relativsätze auflösen, weil die Schüler sonst den Überblick über ihre Sätze verlieren.«

Und dann komme ich mit meinen Ansprüchen an gute Sprache. Ist das überhaupt zu verwirklichen?

Es gibt keine eindeutige Antwort darauf, schon gar keine, die für alle Schüler passt. Die Lehrer machen es sich nicht leicht. Sie zweifeln, sie hadern, sie diskutieren miteinander – es geht hin und her:

Einerseits sagen sie: Die Schüler wollten möglichst viele Vorgaben. Sie verlangten Schema F. Beispiel: Einen Tag vor einer Klausur fragt ein Schüler: ***»Herr Lehrer, können Sie mir sagen, wie man eine Klausur schreibt? Können wir Zettel liegen haben, damit wir ein Rezept haben?«***
Andererseits: Sie seien beeindruckt, wenn sie die Schüler einfach schreiben ließen: ***»Einer unserer Lehrer hat die Schüler aufgefordert, nach einem Theaterstück WhatsApps zu schreiben. Ich habe selten so etwas Tolles gesehen.«*** Und: ***»Wenn die Schüler sich ein Thema selbst aussuchen, ist schon mal Motivation da. Motivation ist das Wichtigste. Wie zum Beispiel als die Schüler eine dreiminütige Rede halten sollten, zu egal welchem Thema. Da waren so tolle Sachen dabei.«***

Einerseits: ***»Wir versuchen ja schon krampfhaft, dass die Schüler Texte schreiben für Adressaten in ihrer Welt.«***
Andererseits: ***»Aber die Schüler wissen, das ist nicht die Realität. Adressat ist der Lehrer.«***

Einerseits: ***»Viele Schüler übernehmen Formulierungen aus dem Internet. Sie tragen Fremdtexte vor. Das klingt wie aus-***

wendig gelernt, obwohl sie frei reden. Wir schlagen ihnen vor: Rede wie zu deinem Kumpel, erzähl einfach frisch von der Leber weg.«
Andererseits: »***Wir verwenden viel Zeit darauf, die Schüler an die Texte anzupassen.«***

Einerseits: »***Ich habe die Schüler gebeten aufzuschreiben: ›Wie bin ich zum Lesen gekommen?‹ Es war eine Freude, das zu lesen. Es war so lebendig.«***
Andererseits: »***Wenn einige ihrem persönlichen Stil folgen, kommen dabei auch schwer lesbare Texte heraus.«***

Einerseits: »***Die Schüler meinen, es wird höher bewertet, wenn sie sich verschachtelt ausdrücken.«***
Andererseits: »***Wir analysieren Texte kaum sprachlich und wie es sprachlich besser geht.«*** Und: »***Wir arbeiten in dem Bereich zu wenig, ob die Texte interessant zu lesen sind.«***

Einerseits: »***In der 7. und 8. Klasse schreiben sie noch relativ gerne. In der Oberstufe fragen sie auf einmal: Können wir auch Stichworte schreiben? Wir müssen die Schüler dazu bringen zu sagen: Ich kann das eigentlich. Ich kann das zu Papier bringen.«***
Andererseits: »***Aber dann kommt der Lehrer mit der Bildungssprache.«***

Und nun? Zumindest eins ist klar: Es wird im Deutschunterricht kaum stilistisch an Texten gearbeitet. Da könnte ich ansetzen. Wir versuchen es einfach mal. Abgemacht.

Anhang 2: Die Schüler stellen sich vor

Nachdem ich mich vorgestellt habe, stellen sich die Schüler vor. Ich bitte sie, mir zu sagen, wie sie ihre sprachlichen Fähigkeiten selber einschätzen.

»Mein Problem sind Fremdwörter.«

»Mir sind spannende Texte wichtig. Alle Lehrer wollen immer nur Fachtexte. Ich habe nicht gelernt, spannend zu schreiben.«

»Ich habe Schreiben nie wirklich gelernt. Meine Texte sind langweilig. Angepasst. Ich schreibe das, was erwartet wird. Das hat bisher immer gereicht.«

»Ich habe gerne Geschichten geschrieben. Ausgedachte Geschichten. Eine Lehrerin hat das vorgelesen. Aber in der Klausur würde ich nicht so schreiben.«

»Mein Bio-Lehrer erwartet, dass jedes zweite Wort ein Fachwort ist. Er sagt, er will kurze Sätze, aber lange Texte. Wenn man etwas vorliest, unterbricht er bei jedem zweiten Wort.«

»Es fällt mir schwer, gute Sätze zu schreiben, weil ich die Texte nicht spannend finde.«

»Ich mag es, meine Ideen wiederzugeben. Aber im Unterricht muss ich das schreiben, was man von uns verlangt. Ich folge lieber der Bestimmung. Statt dem, was ich will.«

Eine Schülerin aus Syrien: ***»In unserem Land muss man viel auswendig lernen. Hier habe ich das Problem, dass ich selbst formulieren muss.«***

Eine Schülerin aus dem Libanon: ***»Auch wir mussten immer alles auswendig lernen.«***

»Ich schreibe gerne. Der Poetry Slam hat mir Spaß gemacht.«

»Ich schreibe gerne.«

»Es ist schwer, in der Schule interessante Texte zu schreiben. Es geht mehr um Inhalt. Es geht darum, die Aufgabe zu lösen. Dafür gibt es Punkte und die möchte ich haben.«

»Ich schreibe gerne. Fachtexte sind wichtig. Sie müssen langweilig sein. Fremdwörter muss man nutzen.«
»Wenn ich einen Text ohne Fachwörter schreibe, zeigt mir der Lehrer einen Vogel. Man muss zeigen, was man gelernt hat.«

»Es fällt mir schwer, einen guten Satz zu schreiben.«

»Schreiben macht Spaß. Der Poetry Slam hat mir Spaß gemacht. Das ist mir leichtgefallen. Ich konnte schreiben, was ich möchte. Die Texte, die uns die Lehrer geben, sind langweilig. Ich verstehe nicht, worum es geht. Ich habe auf diese Texte keine Lust.«

Eine Schülerin, die vor sechs Jahren aus Polen nach Deutschland kam, sie ist eine der Besten in Deutsch: ***»Bei uns [in Polen] wurde ganz anders unterrichtet. Hier [in Deutschland] werden wir an das System angepasst. Die Individualität muss weg.***

Wir müssen gleich schreiben. Uns an Regeln anpassen. Dann ist das gute Schreiben irgendwann verschwunden. In Polen ist das ganz anders. Es wird viel erwartet. Wir durften gute Texte schreiben. Meine Lehrerin mochte die Sprache. Gut heißt: interessant. Texte, die sich gut lesen lassen.«

»Mich stört, dass wir immer so viele Seiten schreiben müssen. Wenn ich in acht Seiten auf den Punkt komme, dann reicht das den Lehrern nicht. Was für ein Blödsinn. Dann muss ich mir zusätzliche Gliederungspunkte einfallen lassen, die total bescheuert sind.«

»Im Schreibkurs wird erwartet, kreative Texte zu schreiben. Ich bin aber nicht kreativ.«
»Doch«, ruft eine Mitschülerin.

»Die Lehrer erwarten zu viel Text. Dadurch komme ich nicht zum Punkt. Mir würde helfen, kürzer zu schreiben.«
»Früher hat mir Schreiben Spaß gemacht. Jetzt nicht mehr.«

Anhang 3: Sie können es! Die Wassertexte

Hier sind sie: Texte, die Schüler schreiben, wenn sie dürfen, wie sie wollen. Sie hatten dafür nicht mehr als 15 Minuten Zeit. Mein Lektor Patrick Schär schrieb mir dazu: ***»Was habe ich gelacht. Großartig.«*** Der Vollständigkeit halber führe ich hier noch mal die beiden Texte auf, die weiter oben stehen.

»Du bist tot. Jetzt ist alles wieder im Lot. Endlich bist du weg, liegt regungslos in deinem Bett. Ein bisschen verrückt warst du. Standst auf dem Tisch mit deinen schwarzen Schuhen. Hast dir Wasser übern Kopf gekippt, danach bist du umherge-

wippt. Wurdest erst lila und dann blau. Deine Haut wurde wie dein Haar ganz grau.
Dann kam der Arzt, während du noch immer auf dem Boden lagst. Sie nahmen dich mit, doch ich wusste genau: du wirst sie hiernieden nicht wieder sehen, deine Frau. Also fuhr ich zu dir nach Haus, deine Frau kam mit bleichem Gesicht hinaus. Draußen sagte ich ihr: er ist von uns gegangen. Tränen hat sie in sich gefangen. Sie sagte: ich wusste, es wird irgendwann so kommen, er hat immer so dumme Sachen unternommen. Irgendwie trauere ich doch um dich, du mit deinem dauerlächelnden Gesicht und deinem Durchschnittsgewicht.«

»Ich schätze du hast einen kleinen Knall. Du hast eine Sache gemacht, die mich verwirrt. Aber es ist dir egal, zumindest wirkt es so. Dir ist es egal, was andere über dich denken, dir ist es egal, wie du dich in der Öffentlichkeit zeigst.
Ob ich das verstehe? Nein!
Ob ich deine Handlungen verstehe? Nein!
Ob ich dich verstehe? Definitiv nicht!
Vielleicht hast du Spaß daran, Leute zu verwirren, sie zu überfordern. Manche würden sagen, du wirkst authentisch, andere jedoch sagen, du solltest dich mal beim Arzt testen lassen. Und ich? Ich habe keine feste Meinung über dich. Erklär es mir! Was wolltest du mit deiner Aktion bezwecken? Wolltest du Aufmerksamkeit? Bewunderung? Oder sogar Verachtung?
Du erzählst uns das von Regeln, tanzt dann aber aus der Reihe! Zumindestens hast du eine Sache erreicht: Du hast die Langeweile vertrieben!«

»Du warst schon immer jemand Besonderes. Etwas anders als die anderen. Etwas lauter, etwas aktiver, etwas ehrlicher. Eben etwas ganz Besonderes. Ich weiß es noch ganz genau, als wir

gemeinsam in diesem schicken Restaurant essen waren und der Kellner gemeint hat, wir können uns das nicht leisten. Du bist einfach auf den Tisch gestiegen und hast den teuren Champagner über den Kopf gekippt. Dann hast du mit deinen Fingern Richtung Tor gezeigt und wir sind abgehauen. Glaubt mir, diesen Tag wird der Kellner nie vergessen. Genauso wenig werden wir dich vergessen. Lass es dir da oben gut gehen. Und irgendwann trinken wir wieder gemeinsam Champagner.«

»Markus, du und deine komischen Aktionen. Dass du damit 60 Jahre alt wurdest, hätte man sich denken können. Deine Taten sind zufälliger als ein 20-seitiger Würfel. Die Aufmerksamkeit richtet sich mal wieder auf dich, so wie als du dir ohne Kontext Wasser auf den Kopf gekippt hast und dabei auf dem Lehrertisch standest. Deswegen alles Gute dir zu deinem 60. Geburtstag und auf das du nie deine komische Ader verlierst.«

»Ich wünsche dem Mann, der sich einen Becher Wasser auf den Kopf gekippt hat, alles Gute zum 60. Geburtstag.«

»Ich habe dich nicht wirklich gekannt. Du kamst in unsere Klasse und leiteste einen Schreibkurs. Den ersten Tag haben wir uns die ganze Zeit lang Regeln zum Schreiben erarbeitet. Ich wende sie aber jetzt nicht an, weil du meintest, dieser Text soll frei von Regeln sein. Auch heute, am zweiten Tag, arbeiten wir wieder an den Regeln und führen Übungen dazu durch. Ich habe nicht wirklich aufgepasst. Doch plötzlich nimmst du einen Plastikbecher, füllst ihn mit Wasser. Du steigst auf den Tisch und ich wundere mich wo ich hier gelandet bin. Doch das ist noch nicht alles, du gießt dir das Wasser über die grauen, zu allen Seiten abstehenden Haare. Mein erster Gedanke war, dass es doch kalt sein müsse. Aber als du begannst, in die Luft

zu zeichnen, wusste ich, dass du endgültig durchdrehst. Du wolltest vom Tisch steigen, als wäre nichts passiert. Doch weil das Wasser nicht nur über den Kopf geschossen war, sondern auch auf den Tisch, rutscht du darauf aus. Dein Kopf schlägt auf der Tischkante auf und mit rudernden Bewegungen versuchst du, dich zu fangen, doch es ist zu spät. Mit heulenden Sirenen fährt der Krankenwagen zum Krankenhaus. Vor wenigen Stunden kam die Nachricht, dass du von uns gegangen ist.«

»Es tut mir leid, dass du sterben musstest. Wir kannten uns nicht gut und es ist auch nicht lange her, dass wir uns kennengelernt haben. Du hast diesen Kurs über das Texte schreiben bei uns in der Klasse gegeben. Leider konntest du mein Interesse nicht wecken, vielleicht hast du das gemerkt. Aber weißt du noch, wie du einfach auf den Tisch gestiegen bist und dir Wasser über den Kopf geschüttet hast? Du hast uns damit alle sehr verwirrt. Generell ist dein Kurs sehr unterschiedlich bei meinen Mitschülern angekommen. Das ist unsere Geschichte wie wir uns kennengelernt haben. Ruhe in Frieden.«

»Er war zu Besuch hier, ein Mann im Alter von 60 Jahren. So richtig kannten wir uns nicht, doch schien er ein Netter zu sein. Das Gequatsche hörte nicht auf zwischen den Schülern. Bis zu dem Moment, als er sich plötzlich auf den Tisch stellte. Er griff sich ein Glas Wasser, goss es über seinen Kopf und malte etwas in die Luft. Vielleicht wollte er uns etwas mitteilen. Die ganze Aufmerksamkeit war auf ihn gerichtet. Es war sein Geburtstag.«

»Er stand auf. Er griff seine Wasserflasche und füllte seine daneben stehende Tasse. Von einem auf den anderen Moment stand er fest und selbstbewusst auf den Tisch. Alle Augen

waren auf ihn gerichtet. Niemand wusste, was er vorhatte. Mit einem Mal kippte er sich das prickelnde Sprudelwasser über den Kopf. Nun waren alle Augen weit aufgerissen. Was wollte er bloß damit bezwecken? Als ob nichts passiert wäre, ging er wieder vom Tisch runter und setzte sich auf seinen Stuhl.«

»Markus war ein Mensch mit vielen Fassaden. Er konnte ernst bleiben und ehrlich über Dinge sprechen. Aber es gab auch Momente, da hat er sich ganz verloren und über nichts mehr nachgedacht.
Wenn er so eine Phase hat, dann ist ihm alles egal. Egal was andere denken, er schüttet sich Wasser über den Kopf oder steigt einfach auf den Tisch. So war Markus bis zum Schluss und er hat sich auch von Niemandem verändern lassen. Wir denken an dich, Markus.«

Anhang 4: Einsteigen in »San Salvador«

Hier meine Vorschläge:

Erster Satz beschreibend

»Ein Mann schreibt seiner Frau einen Abschiedsbrief. Er bringt es aber nicht fertig, sie und die Kinder zu verlassen. Die Gründe dafür bleiben in ›San Salvador‹ von Peter Bichsel offen. War es Trägheit, Feigheit oder Verantwortungsgefühl für die Kinder? Die 1964 erschienene Kurzgeschichte zeigt eine melancholische Sicht auf die Ehe …«

Erster Satz zitierend

»›Mir ist es hier zu kalt‹, schreibt Familienvater Paul in seinem Abschiedsbrief an seine Frau. Deshalb wolle er nach Südamerika. Doch Paul meint in ›San Salvador‹ von Peter Bichsel nicht die Temperatur, sondern seine Ehe. Die 1964 erschienene Kurzgeschichte ist eine Parabel auf die Ergebenheit in sein Schicksal …«

Ja, ich habe »Parabel« geschrieben. Natürlich sollen die Schüler Fremdwörter und Fachbegriffe kennen und anwenden können. Es ist eine Frage der Dosierung.

Erster Satz analysierend

»Ein Mann erträgt die Kälte seiner Ehe nicht mehr, schafft es aber nicht, sich daraus zu befreien. Das ist das Thema von Peter Bichsels ›San Salvador‹. In der 1964 erschienenen Kurzgeschichte schreibt ein Mann einen Abschiedsbrief an seine Frau, bleibt aber sitzen, bis sie nach Hause kommt …«

Erster Satz wertend

»Paul ist feige. Er hat seiner Frau einen Abschiedsbrief geschrieben, bringt es dann aber doch nicht fertig zu gehen, bevor sie nach Hause kommt. Das beschreibt Peter Bichsel in seiner 1964 erschienenen Kurzgeschichte ›San Salvador‹ …«

Erster Satz fragend

»War es Trägheit, Feigheit oder Verantwortungsgefühl für die Kinder, die ihn dazu brachten, zu bleiben? In der Kurzgeschichte ›San Salvador‹ von Peter Bichsel hatte sich Paul

entschieden, seine Frau zu verlassen. Er schrieb ihr einen Abschiedsbrief, ließ die Zeit aber verstreichen, bis sie nach Hause kam ...«

Erster Satz, die Leser ansprechend

»Stellen Sie sich vor: Ihre Ehe ist langweilig und kalt. Sie ertragen Ihr Zuhause nicht mehr. Sie bleiben nur noch der Kinder wegen. Was tun? ...«

Erster Satz persönlich

»So eine Ehe möchte ich bestimmt nicht führen. Paul schreibt einen Abschiedsbrief an seine Frau, traut sich dann aber nicht zu gehen. Das beschreibt Peter Bichsel ...«

Erster Satz verallgemeinernd

»Wie so viele Ehen in unserer Zeit ist auch die von Paul gescheitert. Mehr als ein Drittel wird geschieden. Paul will sich nicht scheiden lassen, er will weglaufen. In der Kurzgeschichte ›San Salvador‹ von Peter Bichsel schreibt er einen Abschiedsbrief an seine Frau, bringt es dann aber doch nicht fertig, sie zu verlassen ...«

Oder in Ich-Form

»Ich musste an die Ehe meiner Eltern denken, als ich diese Kurzgeschichte las: ›San Salvador‹ von Peter Bichsel. Auch meine Eltern reden nicht viel miteinander. Auch meinem Vater ist zuzutrauen, dass er einen Abschiedsbrief schreibt.

Allerdings würde er dann wirklich gehen, anders als Paul, die Hauptfigur aus der 1964 erschienenen Geschichte ...«

Anhang 5: Was die Schüler von mir halten

»Ich habe zwar schon mal alles gehört. Aber nie, dass es so sein sollte.«

»Ich habe manche Übungen nicht verstanden. Manche waren hilfreich. Ich habe was gelernt.«

»Ich finde es schwer, Texte zu verstehen. Jetzt weiß ich, wie man die umschreibt.«

»Ich habe gelernt, spannender zu schreiben.«

»Ich fand es toll, die Einleitung von dem Text von Bichsel neu zu schreiben. So, wie ich das selbst schreiben will.«

»Ich habe gelernt, anders, interessanter zu schreiben. Auch das ohne Regeln zu schreiben, fand ich gut.«

»Ich fand es gut, kreativ zu schreiben.«

»Ich war davon genervt, dass du immer von Mistwörtern gesprochen hast.«

»Ich fand die Diskussionen gut.«

»Ich habe nun mal darüber nachgedacht, was ich schreibe. Worüber? Für wen? Ich habe gelernt, über mich nachzudenken. Ich freue mich jetzt mehr darauf, zu schreiben.«

»Wir kennen ja solche Sätze, wie du sie uns vorgestellt hast. Erst jetzt habe ich gemerkt, dass wir diese Sätze nicht wirklich verstehen.«

»Dass du uns erklärt hast, dass es eine andere Sicht gibt auf Sprache, das fand ich total gut.«

Anhang 6: Der erlösende Text

Dies ist ein Text von Milan Voigt, einem Schüler aus der Klasse, die ich unterrichtet habe. Er hat den Text ein paar Wochen nach meinem Unterricht geschrieben. Nicht für die Schule. Für den Poetry Slam.

»Langweilige Texte
von Milan Voigt

Extrem gelangweilt... sitze ich da, starre auf mein Blatt, und versuche einen passenden Anfang für meine Deutschklausur zu finden.
Ich soll eine Kurzgeschichte analysieren. Das mussten sicher die meisten von euch schon mal machen. Brauche ich denke ich niemandem erklären. Da startet man meistens mit ner kleinen Inhaltsangabe. Und dann muss man halt den Text analysieren und auf Erzählperspektive, sprachliche Mittel und so'n Quatsch eingehen.
Jetzt hab ich's doch erklärt. Whatever! Diese Kurzgeschichte hieß San Salvador und wurde von irgend so nem Peter Bichsel geschrieben.
Allein der Name ›San Salvador‹ .... ich meine ich bitte euch?! Hätte man nicht was einfacheres raus suchen können?

Wie auch immer. Ich könnte jetzt natürlich, wer kennt ihn nicht, mit einem der bekannten Standardsätze beginnen: In der Kurzgeschichte ›San Salvador‹ geschrieben von Peter Bichsel und veröffentlicht 1964... blablablabla.
5 verschiedene Fakten ganz einfach verpackt in einem Satz..., aber leider langweilig... extrem langweilig.
Ich werfe also einen Blick rüber zu meinem Nachbarn, natürlich nicht um abzugucken... so was abartiges würde ich niemals tun, ich tue es nur um mich... Wie nennen wir es? Inspirieren! Ich tue es nur um mich inspirieren zu lassen.
Aber auch dieses mal werde ich enttäuscht. Ich kann klar und deutlich den Satz: In der Kurzgeschichte ›San Salvador‹ geschrieben von blablabla, oben auf seinem Blatt erkennen.
Ich blicke aus dem Fenster, die Farbe grün hat mir schon immer geholfen mich zu entspannen.
Doch nach wenigen Sekunden realisiere ich, dass es dort draußen absolut keinen Fleck grün mehr gibt. Nicht einen! Nur kahle Bäume und Schnee... langweiliger Schnee. Super.
Ich gucke auf die Uhr → 8:22 Uhr. 22 Minuten, aber noch nicht mehr als mein Name auf dem vom Lehrer zur Verfügung gestellten Papier. Entgeistert stelle ich fest, dass ich vergessen hatte das Blatt zu falten und mein gescheiterter erster Versuch eines Anfangs... auf der falschen Seite steht. Wie kann man nur so verplant sein? Ohne Witz das ist mir noch nie passiert... Shit happens... Also auf nach vorne um ein neues zu holen.
Der Lehrer guckt verblüfft. ›Du hast jetzt schon den kompletten Satz vollgeschrieben?‹ ... ›Ehm ja natürlich... super Story... sehr spannend.‹ (Ich hatte den Text nur so ca. bis zur Hälfte gelesen). Er guckt weiterhin ungläubig, stellte aber keine Fragen mehr.

Zurück auf meinem Platz stehe ich vor dem gleichen Problem, wie schon vor 20 Minuten. Es klingt einfach falsch. In der Kurzgeschichte ›San…‹ Pff What the fuck?
Ich weigere mich innerlich, diesen Satz zu verwenden, den vermutlich jeder verwenden wird, weil wir nie groß was anderes gelernt hatten. Es ist schlicht und einfach extrem langweilig.
Allein wie sich der Lehrer fühlen muss 25x den gleichen Anfang zu lesen. Ist schrecklich oder? Möglicherweise noch öfter, immerhin sind wir nicht die einzige Klasse die eine Kurzgeschichte analysieren muss.
Am Ende musste ich mir eingestehen, dass ich nie wirklich gelernt hatte spannend zu schreiben. Ich war regelrecht von diesem langweiligen ersten Satz abhängig, weil mir einfach keine Alternative einfiel. Und, und da muss ich ganz ehrlich sein, ich kann sogar verstehen, warum so gut wie jeder diesen Satz nutze… ganz einfach weil er einfach war… und ist und trotzdem meistens die volle Punktzahl einbrachte.
Warum also mit irgendwas anderem Zeit verschwenden?
Es war nun also an mir zu Handeln. Immerhin war es schon 8:40 Uhr und ich starrte immer noch die Decke an. Da waren komische schwarze Flecken an der Decke. 8:41 Uhr. Jetzt aber! Ich entschied mich für eine Version, in der ich zwar das Erscheinungsjahr nicht wirklich unterbringen konnte, mit der ich aber halbwegs zufrieden war. Sie klang besser. Da ich für den Rest jetzt nichtmal mehr 80 Minuten Zeit hatte… und ich meine ich wusste bisher nur so grob worum es ging, legte ich jetzt richtig mit dem schreiben los.

2 Wochen später gibt der Lehrer die Klausuren zurück. Er erwähnt die 25 ähnlich klingenden Anfänge nicht mit einem Wort, stattdessen wurde Rechtschreibung, Grammatik und der Inhalt der Analyse bewertet.

Ich hatte 9 Punkte, alles in allem ganz ok verlaufen... ich weiß nur 9 Punkte... aber der Durchschnitt lag bei 4! Ok... Just saying.
Als ich mir die Arbeit nochmal ansah, viel mir auf das mir bei der Einleitung ein paar Punkte fehlten. Direkt erinnerte ich mich an mein Problem mit dem ersten Satz und es schwante mir nichts gutes. Und ich hatte recht, es wurden mit Punkte für das fehlen des Erscheinungsjahrs abgezogen, obwohl ich es später nochmal erwähnt hatte. Diesen Fehler würde ich nicht nochmal machen.

Nächstes Halbjahr, nächste Deutschklausur, nochmal 120 Minuten Qual... und vermutlich... Langeweile. Immerhin war ich jetzt deutlich besser vorbereitet... zumindest ein bisschen... mehr als beim letzten mal. Die Arbeiten gehen also rum... Anscheinend reichte dem Lehrer dieses mal eine einfache Inhaltsangabe, womöglich will er einfach etwas mehr Freizeit am Wochenende, ich meine wer kann es ihm verwehren, und einfache Inhaltsangaben sind bekanntlich kürzer als komplexe Analysen. Nun... Er will den Standardsatz? Er kriegt den Standardsatz! Fine,... hab ich kein Problem mit. Obwohl? Immerhin ist er langweilig.«

6

Wie die Uni der Sprache den Rest gibt

6. Wie die Uni der Sprache den Rest gibt

6.1 »Wer sich verständlich ausdrückt, gilt oft nicht als kompetent«

Astrid Neumann, Professorin für Didaktik der Deutschen Sprache, über elitäre Sprache, durch die sich die Wissenschaft abgrenzt.

Didaktik ist die Kunst der Lehre und des Lernens. Bei Prof. Dr. Neumann an der Leuphana Universität Lüneburg lernen künftige Grundschullehrer und Berufsschullehrer. Frau Neumann hat drei Jahre lang an einem Gymnasium gearbeitet. Ihre erste Staatsexamensarbeit hieß: »Das Loreleymotiv in der Romantik im Kontext der Volkspoesiedebatte in Deutschland«. Im Schreiben hat sie promoviert. Ein Interview:

Frau Neumann, ich behaupte: Wir lernen an Schulen und Universitäten keine gute Sprache. Mit »gut« meine ich vor allem einfach und wirkungsvoll. Was sagen Sie dazu?

»Man kann in der Schule lernen, einfach und wirkungsvoll zu schreiben. Das hängt auch vom Lehrer ab. Davon gibt es wie überall gute und weniger gute. Es gibt tatsächlich Lehrer, die behaupten, zum Schreiben sei zu wenig Zeit. Unter Sprache verstehen sie vorrangig Grammatik und Rechtschreibung. Die lassen sich vermeintlich gut prüfen.«

Ist gutes Schreiben kein Kriterium für Noten?

»Es gibt nicht die Notwendigkeit, gut schreiben zu lernen, um eine Klausur zu bestehen. Sie können sich durchmogeln. Ein

Schüler sagte mir mal: Wissen Sie, was Sie geschafft haben? Dass ich in der 12. Klasse ein ganzes Buch gelesen habe.«

Was?

»Ja, das gibt's, dass Schüler durchs Abi kommen, ohne viel zu schreiben, ohne viel zu lesen.«

Der gemeinsame Feind der Deutschlehrer scheint das Studium zu sein. Dort, heißt es, verlernt man das Schreiben definitiv.

»Zukünftige Lehrer lernen im Studium nicht immer das Handwerkszeug des Schreibens.«

Wer bestimmt, wie das Studium läuft?

»Niemand, es kann überall anders sein. Das ist auch die Freiheit der Lehre. Aber: Den Rahmen gibt die Kultusministerkonferenz (KMK) vor. Darin kann jede Universität ihr Programm konkretisieren. Dieses wird dann von Akkreditierungsbehörden begutachtet. So entsteht an der Oberfläche viel Ähnliches. Konkret ist es aber von den umsetzenden Lehrenden abhängig.«

Es stört niemanden, wenn sich Studenten verschwurbelt und unverständlich ausdrücken?

»Sprache ist meist nicht das Ziel. Aber wer würde das zugeben?«

Haben die Lehrenden, egal ob an der Uni oder an der Schule, den Anspruch, sich klar und gut auszudrücken?

»Wenn man sich einfach und verständlich ausdrückt, gilt man oft nicht als kompetent. Die Freiheit, sich einfach auszudrücken, kann man sich erst ab einer bestimmten Stufe des Erfolgs nehmen, wenn man es schon geschafft hat.«

Aber dann ist es ja zu spät. Kaum jemand würde sein Erfolgsrezept verändern. Warum ist das so?

»Die Sprache ist in Deutschland ein Ausdruck von Gelehrsamkeit. Das merke ich auch an mir selbst. Wenn ich Deutsch ins Englische übersetze, dann zweifele ich an mir. ›Was meintest du damit?‹«

Deshalb auch die vielen Hauptwörter, die wie eine Krankheit grassieren?

»Substantivierung gilt als fachsprachlich.«

Ist die Sprache, die an den Unis gelehrt wird, elitär?

»An den Unis sind viele so elitär, dass sie einen einfachen Hauptsatz in komplexe Formen mit mindestens drei Nebensätzen verwandeln, aus dem Stegreif.«

Auch aktiv zu schreiben, ist in wissenschaftlichen Kreisen nicht gerade ein Muss.

»Bei aktivem Schreiben muss man sich outen. Man muss ja sagen, wer etwas will.«

Soll Sprache in der deutschen Wissenschaft ausgrenzen?

»Das ist ein Mechanismus. Wissenschaft grenzt sich durch Sprache ab.«

Gute Texte wirken. Ist das ein Kriterium?

»Man ist als Schüler und Student nicht gezwungen, etwas zu bewirken. Man muss nur den Dozenten überzeugen. Schule und Uni sind eine Pseudosituation. Für die Schüler und Studenten ist es oft ein Als-ob-Handeln.«

Ihr Kollege Michael Becker-Mrotzek von der Uni Köln fordert Schreibunterricht, in dem »das Schreiben einen für die Schüler/innen erkennbaren Sinn bekommt«. Sollte das nicht selbstverständlich sein?

»Es ist eben bei uns nicht selbstverständlich, dass das Schreiben einen Sinn ergibt. Und selbst wenn, würden Schüler für die Prüfer schreiben.«

Meine Erfahrung beim Schreiben: Man ist besonders gut, wenn man sich selbst ausdrückt. Das ist aber nicht gefragt – oder?

»Es wird nur geprüft, ob ich das kann, was verlangt wird. Egal ob es authentisch ist. Das wird meist nicht verlangt.«

Die Schüler sagen mir, sie wollen individualistischer schreiben, dürfen aber nicht. Die Lehrer beklagen, die Schüler bräuchten ein Schema. Was stimmt?

»Sechzig bis siebzig Prozent der Schüler brauchen ein Schema. Die können sonst keinen Schritt nach dem anderen machen. Die Guten nehmen das Schema als den einfachen Weg. Und

die Guten, die zugleich mutig sind, die riskieren schon mal, aus dem Schema auszubrechen, und gucken mal, wie die Lehrer das bewerten. Im Grunde geht's aber darum: Was will der Dozent von mir hören? Wenn ich derart kräfteschonend erfolgreich bin, kommt natürlich nichts Gutes dabei raus.«

Es geht also immer um die Note?

»Die Orientierung auf die Note ist so stark. Sie hat eine Strahlungsmacht. Die Schüler orientieren sich daran so effizient wie möglich.«

Ich habe für dieses Buch zahlreiche Klausuren gelesen. Sympathisch waren mir schon mal diejenigen Klausuren mit leicht lesbarer Handschrift. Ich selbst habe eine Sauklaue. Spielt das für die Note eine Rolle?

»Die Bewertung hängt oft von der Handschrift ab.«

Die Note wird schlechter, weil man die Fehler leichter sieht?

»Nein. Es wird belohnt, dass sich die Schüler mehr Mühe geben. Wie es sich überhaupt für die Schüler lohnt, wenn sie angepasst sind.«

Ich höre immer wieder von den Schülern, die Lehrer würden Fremdwörter sehen wollen. Die Lehrer bestreiten das. Können Sie das aufklären?

»Die Lehrer sagen nicht: Schreibt Fremdwörter. Sie sind aber davon beeindruckt. Wer Fremdwörter benutzt, kriegt eine bessere Note. Das bleibt bei den Schülern hängen. Bei den Guten.«

Umständliche Sätze sind demnach auch ok? Nehmen wir folgendes Beispiel: ***»Im Finale des mit zwei Millionen Dollar dotierten Grand-Prix-Turniers in Melbourne hat Steffi Graf gegen die Weltranglistenerste Monica Seles, nach hartem, zweieinhalbstündigem Kampf, in drei Sätzen 4:6, 6:4, 6:1 gewonnen.«*** Schlecht, oder? Die wichtigste Information, das Verb, kommt erst am Ende eines viel zu langen Satzes. Besser wäre, erst mal festzustellen: ***»Steffi Graf hat die Melbourne Open gewonnen.«*** Und dann die restlichen Informationen in einem oder zwei weiteren Sätzen unterzubringen. Lernen die Lehrer das nicht?

»Das lernen die Lehrer nicht. Das ist Journalistenschule. Lehrer nutzen deshalb Lehrerhandbücher.«

Schüler lernen auch nicht, interessant zu schreiben. Alle ihre Klausuren fangen gleich an. Mit Titel, Autor, Textart, Erscheinungszeit und Thema. Wenn sie das tun, erhalten sie die Höchstpunktzahl von 5 Punkten. Ist das nicht ein falscher Anreiz?

»Die Lehrer müssen dafür nicht 5 Punkte geben. Es müssen auch nicht alle diese Kriterien im ersten Satz stehen. Gute Lehrer wissen und beherzigen das. Für die Schüler ist es aber das Sicherste. Um sicher zu einer guten Note zu kommen, schreiben sie alles in den ersten Satz.«

Bleibt so die Sprache auf der Strecke?

»In Deutsch gibt es immer noch eine Textsortenerwartung. Es kommt also in erster Linie darauf an, die Kriterien für unterschiedliche Textsorten zu beherrschen. Wenn jemand drei Argumente bringt, aber nicht gut formuliert, kriegt der trotzdem seine Punkte.«

So langsam kriege ich den Eindruck, Sie seien nicht ganz einverstanden mit dem System.

»Deshalb beschäftige ich mich ja mit dem Thema Didaktik. Ich befürworte, das gute Schreiben zu unterstützen.«

Wie denn?

»Zum Beispiel durch gemeinsame Plattformen. Auf denen die Lehrer die Schüler beim Schreibprozess konstruktiv begleiten. Und nicht nur benoten, wenn's fertig ist. Oder indem die Lehrer mal auf die Tafel schreiben, wie etwas besser klingt. Oder indem sie mal was durchstreichen und es besser machen. Schüler glauben, was einmal steht, muss stehen bleiben. Dadurch sind sie gehemmt. Die Schüler brauchen außerdem einen Schonraum, in dem sie mal ohne Notendruck schreiben können. Und natürlich braucht es mehr Zeit. Zum Schreiben und zum Denken.«

Frau Neumann, vielen Dank für das Gespräch.

Schreibzentren – was das ist und ob das weg kann

Frau Professor Neumann machte mich auf eine neue Entwicklung an den Unis aufmerksam: Schreibzentren. Hört sich vielversprechend an, auch wenn das Wort »Schreibzentrum« hässlich ist. Frau Neumann ist allerdings nicht gerade unkritisch, was diese Schreibzentren angeht:
»Die müssen inhaltsleer arbeiten. Wer das betreut, hat zum Beispiel von Chemie keine Ahnung. Sie haben also ›Schreibexperten‹, das sind meist frisch Studierte, die Menschen vom Fach betreuen sollen. Da werden vor allem

Mechanismen gelehrt. Einleitung. Hauptteil. Schluss. Raster. Langweilig. Für die nicht so guten Studenten ist es gut, dass sie sich an was orientieren können. Die anderen sagen: Oh Gott.«

Was ist ein Schreibzentrum? Ich surfe. Die Goethe-Universität in Frankfurt am Main bietet ein Schreibzentrum an. Auf der Internetseite steht:

»Angebote für Studierende und Lehrende:
Im Rahmen des Programms ›Starker Start ins Studium‹ richtet die Akademie für Bildungsforschung und Lehrerbildung (ABL) den Blick auf die Studieneingangsphase und die ersten schulpraktischen Studien. Die Etablierung einer Feedback-Kultur soll die Studierenden in ihrer Selbstreflexion und in der Einschätzung des eigenen Entwicklungspotentials unterstützen. Im Rahmen des Programms werden verschiedene Maßnahmen für eine verbesserte Betreuung in der Studieneingangsphase bereitgestellt. Dazu gehört die Stärkung der Lehre durch ein zusätzliches Lehrangebot in ausgewählten Fachbereichen, ein praxisbezogenes Workshopangebot und Unterstützungsmaßnahmen für Lehramtsstudierende mit Migrationshintergrund.«

Ok, so, wie die schreiben, können die mir schon mal nicht weiterhelfen.

6.2 »Den Lehrern wird das Genick gebrochen«

Ein Professor, der Lehrer ausbildet, hadert gleichermaßen mit den Bedingungen für Lehrer und Schüler. Und erinnert an §1 Schulgesetz.

Ein Café im Ruhrgebiet. Ich spreche mit jemandem, der Lehrer ausbildet. Zwei Stunden lang, über nichts anderes als Sprache. ***»Es ist sehr selten geworden, dass man sich mal so lange über nur ein Thema unterhalten kann«***, sagt der Wissenschaftler zum Abschied. Ich schicke ihm seine wichtigsten Aussagen. Er rückt nicht von ihnen ab, möchte sie aber nicht unter seinem Namen veröffentlicht sehen. Ich biete ihm an, dass er für dieses Buch einen Beitrag schreiben könne. Daraufhin höre ich nichts mehr von ihm. Trotzdem, danke für das gute Gespräch. Der Professor sagte:

Zur Gefühlslage der Lehrer:

- Der Druck der Lehrer, zu versagen, steigt.
- Die Lehrer haben keinen Raum mehr, individuell auf die Schüler einzugehen. Sie haben so viel mit festen Abläufen und Bürokratie zu tun.
- Guten Unterricht gibt es nur noch in Vertretungsstunden. Nur dann können wir so unterrichten, wie wir es richtig finden. Weil keine Kontrollinstanz hinter uns steht.
- Man lässt die Lehrer nicht mehr machen.
- Es wird gemacht, was die Fachkonferenz sagt. Dadurch haben die Lehrer kein Vertrauen mehr in sich selbst.
- Den Lehrern wird das Genick gebrochen.

Zum Dialog zwischen Lehrern und Schülern:

- Intelligente Sprache erfolgt über das Nachfragen. Zum Beispiel: Wie meinst du das? Stattdessen heißt es in der Schule: Ja oder Nein. Es gibt keinen Dialog.
- Es wird nur gefordert, zu repetieren. Es geht nur um richtig oder falsch.

- Was nicht in das Raster passt, wird beiseitegeschoben. Alles, was sich von der 7. bis zur 9. Klasse nicht an den Code des Gymnasiums angepasst hat, ist raus.
- Die Lehrer wollen die Antworten, die sie erwarten. Die Schüler merken das.
- Die Schüler haben zu wenig Zeit für Aufgaben. Der Lehrer führt kurz ein. Umreißt, was wichtig ist. Dann heißt es: Komm nach vorn, teile den Test aus. Zwanzig Minuten Zeit.

Zu Schülern als Individuen:

- Schüler müssen so anerkannt werden, wie sie sind.
- Trotz der geforderten Uniformität wollen sie als Individuen wahrgenommen werden.
- Früher warst du in der Andersartigkeit gut aufgehoben. Heute ist die Gefahr größer, aus der Gruppe rauszufallen.
- Dreißig Schüler sind auf dreißig Quadratmetern sechs Stunden lang eingepfercht. Nach deutschem Tierschutzgesetz wäre das verboten.
- In der Massenmenschenhaltung verhalten sich Schüler anders. Sie verhalten sich wie ihre Gruppe. Hast du einen von denen in der Sprechstunde allein, sind die ganz anders, wenn du sie als Individuum ansprichst.
- Kann ich das in der Schule hinkriegen, die Schüler als Individuum wahrzunehmen? In §1 Schulgesetz steht: Jedes Kind hat das Recht auf individuelle Förderung.
- Es muss darum gehen, Vielfalt als Chance zu sehen. Stattdessen gibt es die Tendenz zur Uniformierung.

6.3 Na, so was: Schreiben soll möglichst einen Sinn ergeben

Ein unvollendetes Gespräch mit einem Professor, der Aufgaben für Schüler entwickelt. Und dann kriege ich noch ein Buch von ihm in die Finger.

An Professor Michael Becker-Mrotzek führt kein Weg vorbei. Er entwickelt Klausuren für Schüler und schreibt wegweisende Aufsätze und Bücher. Ich bitte ihn per Mail um ein Gespräch. Es ist der Beginn eines mühsamen, aber lohnenden Weges. Herr Becker-Mrotzek schreibt zurück:

»Haben Sie besten Dank für Ihre Mail und Ihr Interesse am Thema Schreiben in der Schule. Hier hat sich in den vergangenen Jahren im Rahmen der Weiterentwicklung des Aufsatzunterrichts hin zu einer empirisch fundierten Schreibdidaktik viel verändert. Das zeigt sich auch in den aktuellen Publikationen sowie den Bildungsstandards für das Fach Deutsch, die ja zwischenzeitlich für alle Schulstufen vorliegen. Leider lässt es meine Zeit nicht zu, diese interessanten Fragen in Einzelgesprächen zu erörtern. Insofern kann ich Ihren Vorschlag, hierfür zu einem Gespräch nach Köln zu kommen, leider nicht annehmen. Ich bitte dafür um Verständnis.«

Wochen später schickt mir jemand einen Aufsatz von Herrn Becker-Mrotzek mit dem Titel »Schreibaufgaben situieren und profilieren«. Co-Autor ist Thomas Bachmann. Den Titel verstehe ich nicht. Er reizt mich nicht zum Lesen. Aber ich muss ja. Von Beginn an finde ich den Text schwer zu verstehen. Normalerweise würde ich nach den ersten Sätzen aussteigen. Doch ich bleibe dabei – gut so.

Es geht darum, ob Aufgaben so gestellt werden sollten, dass »***das Schreiben einen für die Schüler/innen erkennbaren Sinn bekommt***«. Zusammenhängend klingt das so:

»***In unserem Beitrag gehen wir der Frage nach, wie gute, d. h. lernförderliche Schreibaufgaben aussehen könnten. Oder anders ausgedrückt: Wir fragen nach den Bedingungen von schreibdidaktischen Settings bzw. Schreibarrangements, die Textformen in besonderer Weise zu förderlichen Lernformen machen. Ausgehend von einer modernen, auch den Schreibprozess und die Schreibentwicklung berücksichtigenden Schreibdidaktik skizzieren wir zunächst allgemeine Bedingungen guten Schreibunterrichts, bevor wir dann sog. ›Aufgaben mit Profil‹ vorstellen. Darunter verstehen wir solche Aufgaben, die den Lernprozess in einen authentischen und sozialen Kontext einbetten, in dem das Schreiben einen für die Schüler/innen erkennbaren Sinn bekommt. Schreiben findet hierbei innerhalb einer sozialen Interaktion statt.***«

Um das zu verdeutlichen, berichten die Autoren von einem wissenschaftlichen Experiment: Zweitklässler sollten eine Bastelanleitung für eine Fingerpuppe aus Papier verfassen. Und zwar für Schüler einer Parallelklasse (»***soziale Interaktion***«). Dabei handelt es sich um eine sogenannte »***Aufgabe mit Profil***«.

Hier ein paar der Bastelanleitungen. Anders als die Autoren habe ich die Rechtschreibung korrigiert, damit Sie sich auf das Wesentliche konzentrieren können.

Andri schrieb:

»1. Die Schablone nachmalen und ja nicht die Löcher nachmalen.
2. Den gezeichneten Clown ausschneiden.
3. Die Löcher zeichnen und dann ausschneiden, aber zuerst das Bein bücken (das ist schwierig).
4. Alles ausmalen.«

Enzo schrieb:

»Zuerst nimmt man eine Schablone und ein Blatt Papier. Und dann legt man die Schablone auf das Papier. Dann fährt man die Schablone nach. Dann schneidet man den Linien nach aus. Und dann faltet man bei den Füßen in der Mitte eine kleine Falte. Bei der Falte schneidet man einen kleinen Schnitt. Aus dem Schnitt schneidet man einen Kreis. Der Kreis muss größer als der Zeigefinger und der Mittelfinger sein. Dann malt man den Clown aus. Dann müsst ihr den Zeigefinger und den Mittelfinger durch ein Loch. Dann nehmt ihr ein Gummiband und hebt eure Hand und hebt sie hinter den Clown und macht sie fest. Und dann könnt ihr mit den Fingern laufen.«

Ich finde, das zeigt, wie gut Zweitklässler schreiben können. Kurze Sätze, viele Verben, aktiv. Dadurch sind die Bastelanleitungen verständlich. Ob Professoren das auch so gut könnten? Besonders gut gefällt mir, dass Enzo auf einmal seine Leserinnen und Leser direkt anspricht.

Die Autoren Becker-Mrotzek und Bachmann drücken ihr Fazit so aus:

»Die Ergebnisse der Studie weisen darauf hin, dass gut strukturierte und tief in soziale Interaktion eingebettete Aufgabenstellungen insbesondere die Ausdifferenzierung anspruchsvoller pragmatischer Schreibfähigkeiten positiv beeinflussen. Als zweiter wichtiger Befund zeigte sich, dass gut strukturierte Aufgabenstellungen – so genannte ›Aufgaben mit Profil‹ – ungünstige Startbedingungen wie etwa ›Bildungsferne‹ oder ›Deutsch als Zweitsprache‹ zu Teilen kompensieren können.«

Ich frage mich, ob sich das auch wie folgt zusammenfassen lässt:

»Die Studie zeigt: Schüler schreiben besser, wenn ihnen die Aufgaben sinnvoll erscheinen. Das gilt insbesondere für ungebildete Schüler.«

Klar, das klingt dann natürlich banal. Aber vielleicht ist es auch banal. Ist doch klar, dass Schüler besser schreiben, wenn sie sich für etwas interessieren. Warum müssen wir das diskutieren?

Vielleicht ist Ihnen aufgefallen, dass ich ***»bildungsfern«*** durch ***»ungebildet«*** ersetzt habe. Das liegt daran, dass ich nicht wusste, was mit ***»bildungsfern«*** gemeint ist. Also habe ich nachgeschlagen. Dabei stieß ich auf den Schweizer Pädagogen Roland Reichenbach. In der Zeitschrift »Merkur« (69/2015) schreibt er: ***»Man sagt ›bildungsfern‹ und denkt ›ungebildet‹.«*** ***»Bildungsfern«*** sei ***»grausamer«*** als ***»ungebildet«***. Reichenbach begründet: ***»Das Ungebildetsein lässt lebenslange Entwicklungsmöglichkeiten offen. Die ›Bildungsferne‹ aber verkennt den prozessualen Charakter, das Unabgeschlossensein jeder Bildung und errich-***

tet stattdessen eine kaum überwindbare geografische Barriere.«

Man merkt an Herrn Reichenbachs Sprache: Er ist ein Pädagoge. Professor dazu, an der Uni Zürich. Inhaltlich spricht er mir aus der Seele.

Anderer Ansicht ist mein Bruder Edgar, Associate Professor für Europäische Kultur und Geschichte in Japan. Er schrieb mir:

»Bildungsfern heißt, dass man sich willentlich von Bildung fernhält. Gerade die bildungsfernen Kinder zu erreichen, ist eine Leistung. Alle bildungsfernen Kinder sind ungebildet, aber nicht alle ungebildeten Kinder sind bildungsfern. Bei den ungebildeten Kindern sind viele dabei, die sich bilden wollen und daher einfach zu erreichen sind. Daher finde ich es wichtig, den präzisen Ausdruck ›bildungsfern‹ zu benutzen. Denn dass man viele ungebildete Kinder erreicht, ist ja normal. Du könntest in deinem Text schreiben: ›Das gilt insbesondere für ungebildete Schüler, die sich willentlich von Bildung fernhalten.‹ Aber warum einen hässlichen Nebensatz, wenn man das schöne Wort ›bildungsfern‹ zur Verfügung hat?«

Ich bin verwirrt.

Dann fasste ich mir ein Herz und schrieb Herrn Becker-Mrotzek erneut. Ich stellte ihm zwei Fragen.

1. Sie diskutieren, ob ***»das Schreiben einen für die Schüler/innen erkennbaren Sinn«*** bekommen sollte. Umgekehrt hieße das ja, dass das Schreiben für die Schüler keinen Sinn machen muss. Habe ich das richtig verstanden?

»Ja, denn es ist überhaupt nicht trivial, für Schüler immer wieder solche Aufgaben zu finden. Es sind eben keine Journalisten, die Texte für Zeitungen etc. schreiben. Genau das ist eine der Aufgaben einer wissenschaftlichen Didaktik.«

2. Bitte nehmen Sie es nicht persönlich. Aber ich finde es anstrengend, Ihren interessanten Text zu lesen. Ich muss manche Sätze zwei- bis dreimal lesen, um sie zu verstehen, und bin dann immer noch nicht sicher, ob ich sie verstanden habe. Muss das so sein?

»Ja, es handelt sich um einen Fachdiskurs von Fachleuten für Fachleute. Da wird viel gemeinsames Wissen vorausgesetzt, ich verstehe Fachtexte anderer Disziplinen auch nicht, muss ich ja auch nicht. Deshalb sehen populärwissenschaftliche Texte in Zeitungen etc. ja auch anders aus, etwa ein Beitrag von Kollegen und mir in der FAZ zur Orthographie.«

Das hätte es sein können mit Herrn Becker-Mrotzek und mir. Aber ich stoße immer wieder auf ihn. Eine Lehrerin erzählt mir, sie habe ihn an der Uni erlebt. Er sei einer der besseren Professoren. Sein Unterricht sei interessant gewesen. Jemand anderes empfiehlt mir sein Buch »Schreikompetenz entwickeln und beurteilen«. Nun gut, dann besorge ich mir dieses Buch also auch noch.

Damit verhagele ich mir nun einen Nachmittag lang die Laune. Ich meine das wieder nicht persönlich. Es prallen eben zwei Welten aufeinander. Und natürlich liegt es auch an mir, dass mich die Sprache dieses Buches dermaßen anstrengt. Ich bin wahrscheinlich zu bildungsfern.

Damit Sie wissen, was ich meine, schlage ich wahllos das Buch auf, Seite 73. Da finde ich den Satz:

»Spätestens mit Beginn der gymnasialen Oberstufe ist der Deutschunterricht über weite Strecken reziptiv-analytisch geprägt und weist ein deutliches Übergewicht des Literaturunterrichts auf.«

Ich vermute, der Satz ist in meinem Sinne. Mit ***»Übergewicht des Literaturunterrichts«*** meinen die Autoren ja nicht, dass der Unterricht zu schwer ist. Sondern das, worüber sich die Schüler beschweren: dass sie zu viele Texte lesen müssen, die sie nicht interessieren. Dieser Teil des Satzes war also leicht zu verstehen. Aber was zum Teufel ist ***»rezeptiv-analytisch«***? Rezeptiv verstehe ich. Analytisch auch. Hoffe ich jedenfalls. Aber beides zusammen? Ich schlage im Duden nach. Finde nichts. Muss eine Sprachschöpfung sein.

Bemerkenswert finde ich auch die ***»Antizipation einer Rezeptionssituation«*** (Seite 80). Oder den Satz: ***»Die Führung des Lesers durch den Text, etwa durch metakommunikative Elemente oder kohäsionsstiftende Mittel, wird zu einem integralen Bestandteil des Schreibens.«*** (Seite 82).
Sie glauben, auf Seite 81 hätte ich nichts gefunden? Von wegen. Da ist von der ***»Rezeptionssituation«*** die Rede, die nun ***»genauer und aufwendiger antizipiert werden«*** muss.

So geht es immerzu weiter, 235 Seiten lang. Es ist zum Wahnsinnigwerden. Dennoch: Das Buch ist lehrreich, ich habe daraus viel mitgenommen. Zum Beispiel, wie schwer es ist, Kriterien zu entwickeln, um Klausuren gerecht beurteilen zu können. Ich war zudem angenehm überrascht davon, wie kritisch sich die Autoren mit dem Deutschunterricht auseinandersetzen, den sie ja selbst mitprägen.

Da geht es zum Beispiel um das ***»Fehlen eines systematischen Schreibunterrichts«*** (Seite 67). Und die ***»weitverbreitete Einschätzung, dass der vorherrschende Deutschunterricht die Schreibkompetenz der Schüler nicht hinreichend entwickelt«*** (Seite 68). Da heißt es auf Seite 71: ***»Der Bezug auf die außerschulische Wirklichkeit, auf die sich anschließende Ausbildung – Studium oder Lehre – ist aus dem Blick geraten.«*** Da schreiben die Autoren von der ***»Unzufriedenheit in der schulischen Schreibpraxis, die sich nicht nur aus den vorgeblich unzureichenden Schreibleistungen der Schüler speist, sondern auch aus den vorherrschenden Schreibaufgaben, die als wenig motivierend und schreibförderlich empfunden werden«*** (Seite 72).

Aber warum, verdammt noch mal, muss das alles dermaßen umständlich geschrieben sein? Herr Becker-Mrotzek hat die Antwort darauf schon gegeben. Ich will mich damit nicht abfinden. Es kann doch nicht sein, dass ich mich von einem Buch überfordert fühle, das mich so sehr interessiert.

Auch deshalb schreibe ich mein Buch: Ja, Herr Becker-Mrotzek und alle anderen Professoren, wenn es nach mir geht, müssten Sie sich mehr anstrengen, verständlich zu schreiben. Es geht. Es kostet nur mehr Mühe. In Großbritannien und in den USA kämen Sie mit Ihrer Schreibe nicht durch.

Und bitte reden Sie sich nicht damit heraus, Ihre Sprache sei besonders präzise. Ist sie nicht.
Nehmen wir folgenden Satz von Seite 9: *»**Die Vermittlung der Schreibkompetenz gehört völlig unstrittig zu den zentralen und unverzichtbaren Aufgaben des Deutschunterrichts, neben der Vermittlung von Lese-, Gesprächs- und Reflexionskompetenz.**«*

Wäre nicht besser: *»**Schreibkompetenz ist eine zentrale Aufgabe des Deutschunterrichts, neben der Lese-, Gesprächs- und Reflexionskompetenz.**«* Das wäre immerhin kürzer. Und insofern präziser, als die Banalität des Satzes sichtbarer wird. Obwohl uns der Autor ja schon selbst darauf hingewiesen hat, dass sein Satz banal ist, weil er nicht nur *»**unstrittig**«* ist, sondern sogar *»**völlig unstrittig**«*.

Noch deutlicher wird die Banalität des Satzes, wenn man ihn in seine Bestandteile zerlegt. *»**Schreibkompetenz ist eine zentrale Aufgabe des Deutschunterrichts.**«* Hätten Sie nicht gewusst – oder? *»**Lesekompetenz ist eine zentrale Aufgabe des Deutschunterrichts.**«* Na, so was. Und so weiter.

Nehmen wir als Beispiel die langen Sätze, die Ihr Buch durchziehen wie Hechte einen Goldfischteich. Für Sie und Ihre Mitautoren spielt die Länge der Sätze keine Rolle. Disziplinlos mäandern Ihre Sätze vor sich hin. Ja, disziplinlos. Wie diese beiden aufeinanderfolgenden Sätze:

*»**Da die Schüler zunächst die Textform Erklärung kennenlernen sollen und die Schreibaufgabe zudem nicht überfrachtet sein darf, wird die Adressatenorientierung in der Lernaufgabe an homogenen Rezipienten erlernt. Mit der sich anschlie-***

ßenden Übungsaufgabe werden dann auch unbekannte und heterogene, wenn auch konkrete Rezipienten berücksichtigt, womit in diesem Anforderungsbereich der Übergang zu den Schreibzielen der nächsten Entwicklungsstufen vorbereitet wird.« (Seite 102)

Dazu möchte ich aus Seite 67 Ihres Buches zitieren, über eine Studie zu Abituraufsätzen: ***»Der durchschnittliche Satzumfang hat zugenommen.«*** Wie schätzen Sie diesen Satz ein, liebe Leserinnen und Leser: Ist das eine Kritik? Oder ein Lob? Oder einfach nur eine Feststellung?

Wollen wir mal sehen. Weiter geht's wie folgt:

»Die ermittelten Satzlängen lassen auf komplexere syntaktische Strukturen schließen, die insgesamt denen renommierter journalistischer Texte oder denen von Texten moderner Autoren vergleichbar seien.«

Ich rege mich nun ernsthaft auf. Wie elitär ist das denn? Lange, verschachtelte Sätze sind ein Nachweis erfolgreicher Arbeit? Weil schließlich renommierte Journalisten und moderne Autoren lange Sätze bilden? Was sind eigentlich ***»moderne«*** Autoren? Ist »modern« gut oder schlecht? Und was sind ***»renommierte«*** Journalisten? Es stimmt, dass leider viel zu viele Journalisten zu lange Sätze bilden. Gelernt haben sie das so jedenfalls nicht. Sie lassen sich gehen.

Ich gebe gerne zu, dass es lange Sätze gibt, die nicht zu lang sind. Der letzte Satz von Navid Kermanis Rede zum 65. Geburtstag des Deutschen Grundgesetzes ist 252 Wörter lang. Toller Satz.

Aber der Mann kann es nun mal. Ebenso wie es Thomas Mann und andere Schriftsteller können.

Mit Sätzen wie dem folgenden, von Seite 9, hat das aber nichts zu tun:

»Bezogen auf die Unterrichtsmethoden mangelt es an einer lerntheoretischen Fundierung, so dass nach wie vor von einer lehrerzentrierten, stark analytisch orientierten Form der Wissensvermittlung auszugehen ist, die wenig Raum lässt für Schüleraktivierung.«

Ich zitiere zum wiederholten Male Karl Popper: ***»Wer's nicht einfach und klar sagen kann, der soll schweigen und weiterarbeiten, bis er's klar sagen kann.«***

Dankeschön.

Michael Becker-Mrotzek ist Direktor des Mercator-Instituts für Sprachförderung und Deutsch als Zweitsprache sowie Professor für Deutsche Sprache und ihre Didaktik an der Universität zu Köln. Seine Forschungsschwerpunkte sind Sprachförderung, insbesondere im Bereich der Schreib- und Gesprächsdidaktik. Er ist Sprecher des Trägerkonsortiums der Bund-Länder-Initiative »Bildung durch Sprache und Schrift« (BiSS). Als Kooperationspartner des Instituts zur Qualitätsentwicklung im Bildungswesen (IQB) verantwortet er die fachdidaktische Entwicklung der bundesweiten Vergleichsarbeiten im Fach Deutsch für die Klasse 8 (VERA 8).

6.4 Schreiben Sie wie Ihr Dozent! Kann ruhig schlecht sein

Was ist wissenschaftlicher Stil? Schauen wir uns an, was Wissenschaftler der Universität Duisburg-Essen ihren Studenten raten.

Was ist wissenschaftliches Schreiben überhaupt? Schauen wir uns die »Hinweise zum wissenschaftlichen Schreiben und zur Bewertung von wissenschaftlichen Arbeiten« an. Von Dr. Thomas Ernst, Prof. Dr. Rolf Parr und Dr. Corinna Schlicht von der Universität Duisburg-Essen. Dann wissen Sie, warum wir in Deutschland so schreiben, wie wir schreiben.

Im ersten Absatz heißt es:

»… haben sich in den verschiedenen Disziplinen spezifische Regelsysteme des wissenschaftlichen Schreibens etabliert, die Sie beherrschen müssen, wenn Sie erfolgreich wissenschaftliche Arbeiten schreiben wollen. Nehmen Sie daher von Anfang an diese Regelsysteme ernst, damit auch Ihre Arbeiten von den Dozenten ernst genommen werden können.«

Ich mag ja diesen ruppigen Ton. Er ist so menschlich, gar nicht wissenschaftlich. Er zeigt aber auch: Es gibt ein System. Sie müssen dieses System beherrschen. Sonst werden Sie nicht ernst genommen. Mit anderen Worten: Parieren Sie gefälligst. Schreiben Sie so, wie wir es wollen. Und wie wir es wollen, das klingt so:

»Im Folgenden finden Sie daher einige Hinweise, die Ihnen noch einmal detailliert die Regelsysteme beim Verfassen einer

wissenschaftlichen Arbeit erklären und die zugleich die Basis für unsere Bewertung Ihrer Arbeiten darstellen. Die einzelnen Punkte werden dabei sehr unterschiedlich gewichtet – während beispielweise eine grammatikalisch korrekte Sprache eher als Grundvoraussetzung einer guten Note betrachtet wird, können Sie über die Bearbeitung einer besonders innovativen oder komplexen Fragestellung schon einmal Punkte sammeln, die Sie dann allerdings auch durch eine gute Argumentation oder differenzierte Ergebnisse unterbauen müssen.«

Was lernen wir daraus? Verwenden Sie lange Sätze. Sehr lange Sätze. Schachtelsätze. Sehr viele Hauptwörter. Darunter viele Hauptwörter mit »ung« am Ende. Und viele Fremdwörter. Mit anderen Worten: Schreiben Sie einfach so undiszipliniert, wie Sie wollen, Hauptsache, es klingt gebildet. Ob Sie den Lesern das Lesen erleichtern, spielt keine Rolle.

Jetzt kommt's. Die vielleicht wichtigste Regel für wissenschaftliches Schreiben:

»Neben der Lektüre dieser Hinweise kann es zudem nicht schaden, wenn Sie in der Bibliothek in einzelne Aufsätze Ihres/r Dozenten/in hineinlesen, um ein Gespür dafür zu bekommen, nach welchen Regeln sein/ihr Schreiben funktioniert.«

Wie finden Sie das? Das ***»kann es zudem nicht schaden«*** ist nicht gerade präzise. Eher hinterfotzig. Was genau wollen die Wissenschaftler uns androhen? Jedenfalls haben wir schon verstanden. Die Regel für wissenschaftliches Schreiben lautet: Schreiben Sie wie Ihr Dozent!

Weitere Befehle zum wissenschaftlichen Schreiben lauten:

»a) Klare, anspruchsvolle, innovative und komplexe Fragestellungen
Wissenschaftliche Fragestellungen können dabei unterschiedliche Schwierigkeitsgrade, Grade der Innovation und Komplexitäten aufweisen, die den Anspruch Ihrer Arbeit bestimmen und von Ihnen in unterschiedlicher Weise gesetzt werden können.«

Welches Wort steht noch mal als Erstes hinter a)? ***»Klare«***. Und was kommt danach? Klar? Ich weiß gar nicht, womit ich anfangen soll, was mir an diesem Satz alles nicht klar ist. Schon mal gar nicht die ***»unterschiedliche Weise«***. Vielleicht würde es helfen, klar zu schreiben, zum Beispiel so: ***»Wissenschaftliche Fragen können unterschiedlich schwierig, innovativ und komplex sein.«*** Tja, jetzt können wir uns immer noch überlegen, was das bedeutet.

Nun kommt, warum viele Studenten lange Sätze schreiben:

»Einen Satz wie ›Da man weiß, dass der Mensch ein Mängelwesen ist‹ kann man Ihnen in einer wissenschaftlichen Arbeit nicht durchgehen lassen, da er eine scheinbar überhistorische Wahrheit formuliert (eine solche gibt es jedoch in der Wissenschaft nicht). Wenn Sie diesen Satz ergänzen um die Anmerkung, dass ›Arnold Gehlen den Menschen als Mängelwesen beschrieben hat‹, gehen Sie schon in eine bessere Richtung. Wirklich wissenschaftlich wird Ihr Duktus, wenn Sie eine Formulierung wie die folgende nutzen: ›Innerhalb der Anthropologie gibt es sehr unterschiedliche Bestimmungen des Menschen. Die traditionsreiche Vorstellung, dass der Mensch ein Mängelwesen sei, wurde von Arnold Gehlen 1940 in seinem Hauptwerk ›Der Mensch. Seine Natur und seine Stellung‹ in der Welt

stark gemacht und seither aus verschiedenen Perspektiven problematisiert.‹«

Das Wort ***»verschieden«*** scheinen die Wissenschaftler, die so gern präzise sein wollen, zu mögen. In diesem Absatz steht es zwei Mal. In dem davor stand es auch zwei Mal. Hier geht es mir aber um etwas anderes: Der erste Satz, der nach Ansicht der Wissenschaftler unakzeptabel ist, besteht aus 9 Wörtern. Der zweite Satz, der in eine ***»bessere Richtung«*** geht (präzise?), ist schon länger. Und die akzeptierte Variante besteht aus zwei Sätzen, von denen einer allein 35 Wörter enthält.

Besonders Spaß macht mir folgender Absatz:

»Sie haben sich für ein Studium der Germanistik entschieden und somit dafür, ein/e Experte/in der deutschen Sprache zu werden. Zeigen Sie dies auch in Ihrem Umgang mit der Sprache – wie ein Handwerker seine Werkzeuge in einem guten Zustand halten und sie regelmäßig pflegen muss, sollten Sie Ihr Bewusstsein im Umgang mit der Sprache als Ausdruck Ihrer Profession auf einem konstant hohen Niveau halten. Beim Verfassen Ihrer Hausarbeit sollten Sie sich deshalb an die folgenden Standards halten:«

Ist das der Stil von Experten der deutschen Sprache?

Jetzt kommen die »Standards« für wissenschaftliche Sprache:

»Die Sprache sollte klar und frei von Widersprüchen sein, dabei den prägnanten wissenschaftlichen Charakter des Textes nicht alltagssprachlich verwässern.«

Alltagssprache bedeutet also nach Ansicht der Autoren, einen Text zu verwässern. Ihrer eigenen Sprache dagegen billigen sie einen ***»prägnanten Charakter«*** zu. Alltagssprachlich gesagt: Das ist Bullshit. Selbstbetrug. Augenwischerei. Eine Verbrämung ihrer Unfähigkeit, ihrer Bequemlichkeit oder ihrer Überheblichkeit, präzise zu schreiben.

Als Nächstes kommt wieder so was Hinterfotziges:

»Sie können an zentralen Stellen Ihrer Arbeit, zum Beispiel bei der Begründung des Themas oder der Auswahl der Methode, durchaus die Ich-Form nutzen, dies ist in der deutschen Geisteswissenschaft jedoch eher unüblich. In Ihrer eigentlichen Analyse sollten Sie tunlichst darauf verzichten.«

Aha, gut, ich darf also ***»durchaus«*** in ***»Ich-Form«*** schreiben, denke ich zunächst im Verlauf dieses Satzes. Aber dann, ätschibätsch, sagen sie mir durch die Blume, dass ich das besser unterlassen sollte. ***»Unüblich«*** ist ja wohl ein Codewort für »nicht erwünscht«. Da wundert es nicht, dass deutsche Reporter von sich krampfhaft in der dritten Person schreiben: ***»Der Reporter beobachtet.«*** Mannomann.

Sehr gut finde ich den Hinweis:

»Entwickeln Sie einen eigenen Stil jenseits Ihrer literarischen wie theoretischen Vorlagen und in Distanz vom bürokratischen Substantivstil (›der im Schreiben von Texten wie Hausarbeiten in Seminaren an Universitäten bevorzugt Substantive benutzt‹).«

Wie gesagt: sehr gut, das mit dem eigenen Stil. Kann ich nur nicht ernst nehmen. Ich dachte, wir sollen uns daran orientieren, wie unsere Dozenten schreiben. Sehr gut auch der Rat, sich vom ***»bürokratischen Substantivstil«*** zu distanzieren. Aber ebenso wenig ernst zu nehmen. Zumal er sich auf erheiternde Weise selbst widerlegt. 11 Substantive drängen sich in einem Satz. Wenn die Autoren es wirklich ernst meinten, würden sie schreiben: ***»Entwickeln Sie Ihren eigenen Stil! Und distanzieren Sie sich vom bürokratischen Substantivstil!«***

Liebe Leserinnen und Leser, genau das möchte ich Ihnen dringend raten: Hören Sie nicht auf die Verfechter schlechten Stils. Entwickeln Sie Ihren eigenen.

6.5 Wenn du gut schreiben willst – geh doch nach England!

An englischen und amerikanischen Unis dürfen Sie nicht nur verständlich und lebendig schreiben, Sie müssen es sogar. Das wissen deutsche Unis und geben Tipps fürs Schreiben im Ausland.

Ich höre Radio. Radio Eins in Berlin. Der Sender »nur für Erwachsene«. Am 22. Februar 2017 liest dort der amerikanische Schriftsteller T.C. Boyle aus seinem neuen Roman »Die Terranauten«. Boyle war jahrzehntelang Professor an der University of Southern California, wo er das Fach »Kreatives Schreiben« begründet hatte. Er lehrte auch Britische Literatur.

Radio-Eins-Moderator Thomas Böhm fragt: ***»Herr Boyle, was war die Essenz Ihres Unterrichts, was wollten Sie vermitteln?«*** T.C. Boyle antwortet: ***»Joy.«***

Jetzt stellen Sie sich mal vor, ein Deutsch-Professor sollte diese Frage beantworten.

Wahrscheinlich gibt es auch bei uns Deutsch-Professoren, deren Unterricht Freude bereitet. Ich bin nur noch nicht auf jemanden gestoßen, der dabei gewesen ist. Wenn es um das Studium der deutschen Sprache geht, sind sich die Lehrer im Nachhinein einig: Die Freude an Sprache wird einem dort vergällt.

Hier, was mir Lehrer von Schulen aus Berlin und Baden-Württemberg zu ihrem Studium sagten:

»Wenn man nach der Uni in die Schule geht, ist es viel schwerer, gut zu schreiben.«
»Als freier Mitarbeiter einer Regionalzeitung habe ich wesentlich mehr über das Schreiben gelernt als im Studium. Mein Redakteur hat gesagt: Wenn dein Text nicht gut ist, steigt der Leser nach den ersten drei Sätzen aus. Deshalb habe ich versucht, leserfreundlich zu schreiben. Während des Studiums spielte das alles keine Rolle.«
»An der Uni ist die Rhetorik tot.«
»Wissenschaftliche Texte sind bei uns unlesbar.«
»Diese stark verschachtelten Sätze ...«
»Mein Schlüsselerlebnis hatte ich im Fach Chemie, als ich englische Fachbücher las. Die lasen sich so viel einfacher als die deutschen Fachbücher.«
»Deutsche Historiker sind auch nicht besser. Das ist verblasener Unsinn. Die Engländer können es.«

Ja, die Engländer. Können sie es wirklich besser? Wie ließe sich das beweisen? Beweisen kann ich eh nichts. Ich strebe auch nicht danach. Ich will anregen, nicht dominieren.

Auch in meinen Sprachseminaren höre ich immer wieder, wie gering die Teilnehmer über ihr Studium denken. Wir kommen darauf, weil ich einleitend gerne sage: ***»Ich bin Jurist. Ich weiß deshalb, wie schlechtes Schreiben geht.«*** Ich mache eine wirkungsvolle Pause und fahre fort: ***»Wie fast alle, die in Deutschland studieren.«*** Manche Teilnehmer gucken dann grimmig. Andere sind wie befreit. Und sagen, wenn sie an der Reihe sind: ***»Ich bin auch einer von denen, die gelernt haben, schlecht zu schreiben.«*** Einige berichten, dass sie von ihren Professoren für ihre zu unwissenschaftliche Sprache gerügt worden seien. Gut lesbar, aber eben nicht wissenschaftlich.

In England könnte das eher nicht passieren. Das hat Yascha Mounk in der »Zeit« vom 14.4.2016 wie folgt beschrieben:

»Ich war ein fauler Schüler. Im Gymnasium entwickelte ich eine einfache Strategie, um trotzdem gute Noten zu kriegen. Wenn ich meine Hausaufgaben und Klassenarbeiten so hochtrabend formulierte, dass meine Lehrer sie nicht so recht verstanden, gaben sie mir brav eine Eins.
Erst als ich nach dem Abitur zum Studium nach Cambridge ging, trieb mir ein besonders geduldiger Professor meinen Hang zum Schwadronieren aus. ›Du scheinst ja hell im Kopf zu sein‹, schrieb Richard Serjeantson unter meinen Aufsatz. ›Aber von dem, was du da schreibst, verstehe ich kein Wort.‹ Im nächsten Aufsatz, so trug er mir auf, sollte ich mich gefälligst so unverblümt wie möglich ausdrücken: kurze Sätze, einfache Worte, klare Zusammenhänge.
[…]
In England bestehen die meisten Lehrer und Dozenten auf einem einfachen Schreibstil. In den USA bieten die meisten Universitäten einen Pflichtkurs, der den Studenten klares

Schreiben einbläuen soll. In Deutschland dagegen tut das Bildungssystem kaum etwas dafür, die Tugenden des klaren Schreibens zu vermitteln. In Schule und Uni herrscht sogar die Grundannahme, ein komplizierter Satz sei wahrscheinlich auch ein kluger Satz.«

Ähnlich sieht es die Wiener Lektorin Judith Wolfsberger, vormals Huber, die ein Lehrbuch zum Thema wissenschaftliches Schreiben nach amerikanischem Vorbild geschrieben hat. Dafür wurde sie von der Hamburger Körber-Stiftung ausgezeichnet. Die Körber AG ist ein weltweit operierender Technologie-Konzern. Judith Wolfsberger schreibt:

»US-Professoren kennen keine Scheu vor einem populärwissenschaftlichen Stil und wollen auch von gebildeten Laien verstanden werden. Bei uns verschwindet der Autor eines Zeitschriftenaufsatzes völlig hinter einem Wust von Fachbegriffen und macht sich damit unangreifbar.«

»Unangreifbar«. Genau. Vor allem darum geht es vielen von uns. Wir nennen es allerdings ***»präzise«***.

Die Uni Hannover hat auch gemerkt, dass im englischen Sprachraum anders geschrieben wird. Sie gibt »Tipps für wissenschaftliches Schreiben auf Englisch«. Tipps, die gut sind. Die sich auch als Kritik an der eigenen Sprache lesen lassen. Aber irre ich mich oder scheint die Uni mit ihren eigenen Tipps zu fremdeln? Gleich ihr erster Tipp ist scherzhaft verpackt und wirkt dadurch distanziert:

»1. Aktiv schreiben: Damit ist nicht etwa Ihre Aktivität während des Schreibprozesses gemeint, sondern ein aktiver

Schreibstil. Sicherlich haben Sie bereits einmal gehört, dass wissenschaftliche Texte im Passiv geschrieben werden sollten. Vergessen Sie diese Aussage für wissenschaftliche Texte auf Englisch und schreiben Sie im Aktiv – so wirkt Ihr Text dynamischer. Machen Sie Ihren Text zum handelnden Akteur, bspw.: ›This paper deals with …‹, ›This study explores …‹, ›This essay challanges …‹«.

»Challanges« schreibt man übrigens mit »e«, also »challenges«, aber auf Rechtschreibfehler kommt es mir nicht an. Und was glauben Sie wohl, wie viele Fehler mein Lektor in meinem Text gefunden hat.

Ähnlich verräterisch ist der zweite Tipp. Einen spannenden ersten Satz bezeichnen die Autoren als ***»Phänomen«***, also laut Wikipedia ein »unerklärliches Vorkommnis«:

»2. Spannend beginnen: Wer kennt dieses Phänomen nicht? Ist der erste Satz / Absatz spannend, liest man gerne weiter. Das gilt auch für wissenschaftliche Texte: Warum ist das Thema Ihrer Arbeit / Forschung wichtig? Erzählen Sie das den Leser*innen ganz explizit innerhalb der ersten Sätze. Inhalt bleibt das Wichtigste, aber Stil hilft, den Inhalt zu vermitteln und Interesse an Ihrem Text zu entfachen.«

Beim dritten Tipp das gleiche Bild. Inhaltlich berechtigt, aber auch hier wieder ein sprachlicher Ausreißer:

»3. Verben nutzen: Ungleich der Liebe der deutschen Sprache zum Nominalstil gilt eine solche Schwärmerei in der englischen Sprache dem Verb. Verben erleichtern das Lesen von wissenschaftlichen Texten enorm und dienen deren Dynamik. Hier

ein Beispiel: Während der deutschsprachige Text über ›Kompetenzerwerb‹, ›Wissensmaximierung‹, ›Lernzielerreichung‹ referiert, fokussiert der englischsprachige Text die Tätigkeit, also ›[it is all about] acquiring competences‹, ›maximising knowledge‹, ›attaining learning goals‹.«

»***Schwärmerei***«? Waren die Autoren ein wenig angeschickert? Oder verrät dieses Wort ihre Distanz zu etwas, das sie nur widerwillig einsehen? Dass Verben die Sprache bereichern, auch die wissenschaftliche?
Kommen Sie, den vierten Tipp lesen wir uns auch noch durch. Auch der ist hilfreich. Kritisiert indirekt die eigene Zunft. Und hält sich an die eigene Vorgabe. Bis auf den letzten Satz:

»4. Geben Sie Ihrem Text einen KISS (Keep It Short and Simple): Das bedeutet nichts anderes, als dass Sie sich kurz fassen und präzise ausdrücken. Bilden Sie keine deutsch-ähnlichen Schachtelsätze. Es geht hier nicht darum, die Sprache bzw. den Inhalt zu vereinfachen. Vielmehr ist es wichtig, dass Sie auf blumige und poetische Sprache verzichten. Ihre Satzstruktur sollte kurz, einfach und durch präzise Fachbegriffe prägnant genug sein. Das schafft Klarheit über das Thema Ihres Textes und Klarheit für Sie während des Schreibprozesses. Die Leser*innen können, dank dieser klaren, prägnanten Satzkonstruktionen, davon ausgehen, dass Sie das Thema verinnerlicht und verstanden haben und somit wissen, worüber Sie schreiben.«

Na, was sagen Sie zu der Konstruktion des letzten Satzes? Die Autoren können eben nicht ganz aus ihrer Haut.

7

Wie das System reagiert

7. Wie das System reagiert

7.1 Ich rufe zu früh Hurra

Die Lehrergewerkschaft VBE lässt sich von meiner Kritik überzeugen. Ein Beispiel bringt den Durchbruch. Aus der geplanten Zusammenarbeit wird dann aber doch nichts.

Der Verband Bildung und Erziehung (VBE) vertritt 140.000 Lehrerinnen und Lehrer. Ich spreche mit der Führungsriege: dem Vorsitzenden Udo Beckmann, seinem 1. Stellvertreter Rolf Busch und der Pressesprecherin Anne Roewer.
Udo Beckmann ist ein Mann klarer Worte, er fackelt nicht lange: ***»Sie haben eine halbe Stunde.«***
Ich stelle mein Projekt vor. Und schließe mit den Worten: ***»Ich will nicht weniger als die Lehrpläne ändern.«***
Beckmann lakonisch: ***»Wenn Sie zehn bis fünfzehn Jahre Zeit haben.«***
Ich: ***»Irgendwann muss man ja einen Anfang machen.«***
Beckmann: ***»Sie müssen erst ein gesellschaftliches Bewusstsein für Ihr Anliegen schaffen. Sie müssen für einen Aha-Effekt sorgen. Damit die Leute sagen: Stimmt, wir müssen was ändern.«***
Ich: ***»Sie sind nicht der Meinung, dass sich was ändern muss?«***
Beckmann: »Mich haben Sie nicht überzeugt. Das ist mir zu abstrakt.«

Ok, ein Beispiel. Ich bin schließlich vorbereitet. Ich lese vor, was eine meiner Seminarteilnehmerinnen vor dem Seminar geschrieben hatte. Und was sie gegen Ende des Seminars ruckzuck neu geschrieben hatte (siehe unten). Der Vergleich ist beeindruckend. Das findet auch Herr Beckmann. Seine Gesichtsmuskeln lockern sich. Er analysiert die Stärken des zweiten Textes: ***»Für Aufmerksamkeit sorgen, bildhaft schreiben, kurze Sätze.«***

Nun schlägt er mir einen Deal vor: Ich soll ein paar Texte aus seinem Haus bearbeiten. Um für einen Aha-Effekt zu sorgen. Wenn mir das gelingt, will er mich für ein Training engagieren.

Ich warte nicht, bis mir Texte geschickt werden, sondern schnappe mir Pressemitteilungen des VBE aus dem Internet und bearbeite sie. Das Ergebnis schicke ich dem Verband.

Hier ein Beispiel, zunächst die Original-Pressemitteilung:

»Lohngerechtigkeit durch höhere Eingruppierung
VBE zum Equal Pay Day 2016
›Grundschullehrerinnen werden noch immer strukturell benachteiligt und durch die Bezahlung nach Schuhgröße der unterrichteten Kinder finanziell schlechter gestellt‹, kritisieren anlässlich des Equal Pay Day am 19. März 2016 der VBE-Bundesvorsitzende, Udo Beckmann, und die Vorsitzende der VBE-Bundesfrauenvertretung, Jutta Endrusch. Das Motto des diesjährigen Equal Pay Day lautet ›Was ist meine Arbeit wert?‹.
›Mit der im August 2015 in Kraft getretenen Entgeltordnung für Lehrkräfte ist durch die Ausgleichszulagen ein wichtiger Schritt in die richtige Richtung getan worden. Doch noch immer bestehen Ungerechtigkeiten bei der Bezahlung von Lehrerinnen‹, konstatiert der VBE-Bundesvorsitzende. Knapp 90 Prozent der Lehrkräfte an Grundschulen seien Frauen. Die Eingruppierung von Lehrkräften an Grundschulen erfolge in eine niedrigere Besoldungsgruppe als für Lehrkräfte anderer Schultypen. Dies mache Einkommensunterschiede von

bis zu 500 Euro aus. Beckmann stellt klar: ›Diese strukturelle Benachteiligung manifestiert ungerechtfertigte Unterschiede. Wir fordern weiterhin und mit Nachdruck gleiche Bezahlung für gleichwertige Arbeit.‹
Ein weiteres strukturelles Problem benennt Jutta Endrusch: ›37,5 Prozent der Lehrkräfte an Grundschulen sind teilzeitbeschäftigt, davon sind 87,3 Prozent Frauen. Auch aufgrund fehlender Betreuungsmöglichkeiten werden ihnen kurz- und langfristig Einbußen bei Einkommen und Rente oder Pension zugemutet.‹ Die Vorsitzende der VBE-Bundesfrauenvertretung fordert daher: ›In den Haushalten von Bund, Ländern und Kommunen muss ein Titel für die Kinderbetreuung eingerichtet werden, damit vielfältige und flexible Betreuungsmöglichkeiten angeboten werden können. Außerdem darf Teilzeitbeschäftigung nicht länger zur Kürzung von Anrechnungszeiten bei der Berechnung von Renten und Pensionen führen.‹«

Haben Sie diesen Text zu Ende gelesen? Was davon würden Sie als Journalist zitieren?

Nun meine Version:

»Lehrer nicht nach Schuhgröße der Kinder bezahlen!
Zum Equal Pay Day 2016 sagten der VBE-Bundesvorsitzende Udo Beckmann und die Vorsitzende der VBE-Bundesfrauenvertretung Jutta Endrusch heute in Berlin:

›Lehrerinnen und Lehrer an Grundschulen verdienen bis zu 500 Euro weniger als Lehrkräfte anderer Schulformen. 90 Prozent von ihnen sind Frauen. Davon ist jede Dritte in Teilzeit beschäftigt. Das bedeutet nicht nur, dass diese Frauen weniger verdienen, sondern auch, dass ihre Rente geringer ist. Die

Folge ist Altersarmut. Wir fordern deshalb: Gleiche Bezahlung für gleichwertige Arbeit. Und dass Teilzeit nicht länger zur Kürzung von Renten und Pensionen führt. Die Verantwortung für die kleinsten Schulkinder ist nicht weniger wichtig als die für ältere. Lehrer dürfen nicht nach Schuhgröße der Kinder bezahlt werden.‹«

Ein paar Wochen lang höre ich nichts, fasse nach, dann schreibt mir die Pressesprecherin: ***»Ihre Anregungen nehmen wir gerne auf.«*** Außerdem stellt sie mir ***»eine Kooperation«*** in Aussicht, mit Frau Ruthenschröer vom Jungen VBE. Der Junge VBE vertritt Studenten, Lehramtsanwärter und Lehrer bis zum 10. Dienstjahr. Frau Ruthenschröer werde sich mit mir in Verbindung setzen. Ich bin in Hochstimmung.

Wochenlang höre ich nichts von Frau Ruthenschröer. Ich frage nach. Sie antwortet:

»In diesem Jahr sind unsere Planungen für die Treffen des Jungen VBE abgeschlossen. Gerne komme ich zum Ende des Jahres nochmal auf Sie zu, um zu schauen, ob wir ggf. eine Zusammenarbeit in Form eines Workshops o. ä. anstreben können.«

»Um zu schauen«, »ob wir ggf.« »anstreben können«, »o.ä«.
Also NEIN.

Es ist verdammt noch mal wirklich nicht einfach mit den Lehrern.

Hier das versprochene Beispiel: Es geht um die Eröffnung des Data Centers Leipzig. Zunächst das Original. Die Rede begann wie folgt:

»Anrede,
Ich freue mich sehr, Sie heute zur Eröffnung des neuen Data Centers der envia TEL in Taucha begrüßen zu dürfen, und heiße Sie herzlich bei uns willkommen.
Zunächst einige wenige Worte zu unserem Unternehmen, das ich mit Freude führe.
Envia TEL hat sich seit den Anfängen vor mehr als 14 Jahren zu einem modernen Telekommunikationsdienstleister entwickelt. Heute sind wir regionaler Marktführer in Mitteldeutschland und darauf zu Recht stolz.
Mehr als 5600 Unternehmen, öffentliche Verwaltung, Netzbetreiber und Service Provider vertrauen uns als verlässlicher Partner bei der Lösung ihrer Telekommunikationsanforderungen.
Rund 130 engagierte Mitarbeiter und Auszubildende sorgen dafür, dass sich unsere Kunden gut verbunden fühlen.
Auch im abgelaufenen Geschäftsjahr 2013 haben wir unseren Erfolgskurs fortgesetzt und unseren Jahresüberschuss um mehr als 50 % auf rund 3,6 Millionen € gesteigert.
Wir schauen weiterhin optimistisch in die Zukunft, denn unsere Datenautobahnen sind für die Informationsgesellschaft unverzichtbar.
Unser Glasfasernetz mit einer Länge von ca. 5000 km und über 600 Netzanschlusspunkten sichert unseren Kunden neben zuverlässigen Verbindungen vor allem schnelles Internet und die Anbindung an die weltweiten Netze.
Damit bieten wir unseren Kunden die Voraussetzungen, für die Telekommunikationsanforderungen der Zukunft gut gerüstet zu sein.«

Und nun, was dieselbe Kollegin, Romy Naumann-Kluge, neu geschrieben hat:

»Anrede,
Stellen Sie sich vor: Sie gehen wie jeden Morgen gut gelaunt und voller Tatendrang auf Arbeit. Sie führen ein erfolgreiches Familienunternehmen in vierter Generation. Aber dieser Morgen ist anders. Helle Aufregung. Es hat gebrannt im Nebengebäude, dort, wo Ihr Server steht, das digitale Herz Ihres Unternehmens. Alle Daten sind weg. Hat jemand an Sicherungskopien gedacht?
Zehn Tage später. Sie müssen Insolvenz anmelden. Sicherungskopien gab es nicht.
Nach 83 Jahren erfolgreicher Unternehmensgeschichte. Selbst einen Weltkrieg hatten Sie überstanden.
Meine sehr verehrten Damen und Herren, unseren Kunden passiert das nicht.
Denn sie haben vorgesorgt und ihre Daten sicher untergebracht, im neuen Data Center Leipzig.
Sicher vor Brand, Einbruch, Diebstahl und Hochwasser, sicher, weil rund um die Uhr überwacht, sicher, weil mehrfach versorgt mit Strom, Breitband und Klimatisierung.
Bei uns geben unsere Kunden ihr digitales Wissen in sichere Hände. Damit Unternehmensgeschichten nicht abrupt unterbrochen werden. Damit Ihr Unternehmen weiterhin erfolgreich ist. Mit dem neuen Data Center bieten wir unseren Kunden ein Hotel für ihre Daten.«

Welcher der beiden Texte Ihnen besser gefällt, brauche ich Sie nicht zu fragen. Und warum ist dieser zweite Text so viel besser? Ganz einfach: Er ist anschaulich. Dadurch erfüllt er vor allem eines: seinen Zweck. Vielleicht könnte das ein entscheidendes Kriterium für Klausuren werden: Ob ein Text seinen Zweck erfüllt. Das lässt den Schülern Spielraum. Und den Lehrern. Und erfreut die Leser.

7.2 »Wir sind auf dem Weg zur Uniformität«

Das tut gut. Die Lehrergewerkschaft GEW ist von Anfang an auf meiner Seite. Sie beklagt die Normierung der Sprache und befürchtet noch mehr »standardisiertes Mittelmaß«.

Ich bat eine ehemalige Kollegin vom Deutschen Gewerkschaftsbund, mir jemanden von der Lehrergewerkschaft GEW zu empfehlen. Für mein Projekt: »Lehrer, ihr müsst schreiben lernen«. Sie lachte und sagte: ***»So wird das bestimmt nichts.«*** Von wegen.

Ich rief den Pressesprecher an, Ulf Rödde. Überzeugungsarbeit? Unnötig. Er riet mir: Kümmern Sie sich nicht nur um die Deutschlehrer. Lehrer anderer Fächer sollten es auch besser können. Zum Beispiel Mathelehrer. Damit die Schüler die Aufgaben richtig verstehen.

Rödde lädt mich nach Frankfurt zur GEW ein. Dazu kommt Ilka Hoffmann, Leiterin des Vorstandsbereichs Schule. Hier ein Auszug aus dem Gespräch:

Wird an Schulen auch kreatives Schreiben gelehrt?

Hoffmann: ***»Es gibt zwar kreatives Schreiben, aber wie kreativ ist das? Es wird ein Schema vorgegeben: Einleitung, Höhepunkt, Schluss. Dabei kann der Höhepunkt doch auch am Anfang stehen. Das ist die typische Normierung. Texte müssen in den Bildungsstandard passen. Um sie vergleichen zu können. Damit sie justiziabel sind.«***

Deshalb gibt es in Deutschklausuren auch zunehmend Aufgaben, die mit richtig oder falsch zu beantworten sind. Und Multiple Choice. Wie bewerten Sie das?

Hoffmann: ***»Ich finde es wichtig, dass Zwischenschritte, die zu einer Lösung führen, sichtbar gemacht werden können und dass man Gedankengänge nachvollziehen und diskutieren kann. Von Multiple Choice halte ich nur in ganz wenigen Ausnahmefällen etwas: Wenn es eine ganz einfache und eindeutige Antwort auf eine Frage gibt.«***

Ich habe den Eindruck, im Deutschunterricht wird vor allem die Intelligenz geprüft. Also wie gut die Schüler einen Text verstehen. Das lässt sich schließlich nicht lernen. Ist da was dran?

Hoffmann: ***»Kreativität und Originalität werden zu wenig bewertet. Die Rechtschreibung wird oft höher bewertet als unkonventionelle Herangehensweisen an ein Problemfeld. Das ist schade, denn wie soll sich so etwas Neues entwickeln?«***

Können sich Schüler Individualität leisten?

Hoffmann: ***»Die Texte, mit denen die Schülerinnen und Schüler arbeiten müssen, haben oft nichts mit ihrem Leben zu tun. Danach wird nicht gefragt. Wir sind auf dem Weg zur Uniformität. Das bundesweite Zentral-Abi würde das besiegeln.«***

Leidet darunter die Qualität?

Hoffmann: ***»Es steht zu befürchten, dass durch die Zentralisierung nur noch mehr standardisiertes Mittelmaß erzeugt wird.«***

Hat der PISA-Schock damit zu tun? Seither gibt es ja mehr Qualitätskontrolle. Kontrolle erfordert Vergleichbarkeit. Die wiederum geht auf Kosten der Individualität.

Rödde: *»Zumindest war PISA mit ein Auslöser dafür, dass immer mehr Leistungstests eingeführt wurden. Das fördert eine Haltung, nur für den Test zu lernen. Eingetrichtertes, oft normiertes Wissen wird bei Bedarf ausgespuckt.«*
Hoffmann: *»Ich denke schon, wobei es auch schon vorher bei der Ermittlung von Aufsatznoten nicht um Originalität und Kreativität ging. Es gab immer nur einzelne Lehrkräfte, die eine literarische oder künstlerische Ader hatten und Ungewöhnliches erkannten und zu schätzen wussten.«*

Können es die Lehrer denn überhaupt selbst?

Rödde: *»Viele Lehrerinnen und Lehrer schreiben uns Leserbriefe. Häufig müssen wir diese Texte redigieren. Nicht selten kritisieren sie Artikel, die Journalistinnen und Journalisten schreiben. Ein Grund: Die seien zu ›einfach‹ geschrieben. Manche verstehen einfach nicht, dass Schreiben ›Übersetzungsarbeit‹ ist. Dass die Kunst gerade darin besteht, komplexe Sachverhalte in eine einfache, will sagen verständliche Sprache zu verpacken.«*

Thematisieren Sie das?

Hoffmann: *»Lehrkräfte lassen sich durchaus etwas sagen, wenn die Kritik an ihren Texten konstruktiv und wertschätzend formuliert ist.«*

Was also tun?

Hoffmann: *»Ein Problem sind die Hochschulen. Da geht's um Herrschaftswissen und nicht in erster Linie um Verständlichkeit.«*
Rödde: *»In den Hochschulen müsste sich etwas ändern. Hier sollten Studierende lernen, wie sie ihr Wissen und ihre Aussagen verständlich formulieren.«*

Und an den Schulen? Was müsste da besser werden, damit die Schüler lernen, sich besser auszudrücken?

Hoffmann: *»Statt nur Gebrauchs- und Sachtexte zu bearbeiten und bei der Literaturauswahl auf den Mainstream zu setzen, sollte mehr gute und originelle Literatur gelesen werden und eine Verbindung zum eigenen Leben und den Gedanken, die man sich macht, hergestellt werden. Kreativer Umgang mit Sprache, Gedichte und fiktive Geschichten und Artikel selbst verfassen sollte einen größeren Stellenwert bekommen. Die Texte sollten nicht benotet, sondern in der Lerngruppe besprochen und diskutiert werden. Sie sollten auch mehr gewürdigt und einem größeren Publikum zugänglich gemacht werden. Ich denke an gemeinsame Erzählbände, Reportagen und Lesungen der Schülerinnen und Schüler. Leider bleiben für einen lebendigen Deutschunterricht oft zu wenig Zeit und Freiraum.«*

Würden Sie also sagen, mein Anliegen, in der Schule besseres Schreiben zu lehren, ist berechtigt?

Rödde: *»Ja, denn dafür muss man sich anstrengen, Sachverhalte und Zusammenhänge zu verstehen und einzuordnen. Sonst ist man nicht in der Lage, Informationen für andere verständlich aufzubereiten und zu verschriftlichen.«*

Hoffmann: »***Auf alle Fälle. Schreiben ist Mitteilung und Ausdruck. Gut Schreiben zu können, erhöht die Selbstwirksamkeit.***«

Frau Hoffmann, Herr Rödde, vielen Dank für das Gespräch.

7.3 Die Politik kann ich vorerst vergessen

Der Bildungspolitiker Ulf Daude gibt mir recht. Also rocken wir jetzt die Schule? Pustekuchen. Das wolle niemand. Selbst die Eltern nicht. Die wollten es so elitär.

Als ich mit diesem Projekt anfing, gab ich mich der Hoffnung hin, die Politik auf meine Seite ziehen zu können. Kontakte habe ich genug, dachte ich. Ich war Redenschreiber eines Kanzlerkandidaten und einer Generalsekretärin, an meinen Sprachseminaren nehmen häufig Mitarbeiter von Ministerien teil, auch von Landes-Kultusministerien. Und die allermeisten geben mir mit meiner Kritik an unserem Lehrbetrieb recht. Also …

Aussichtslos.

Nein, natürlich ist nichts aussichtslos. Nur ernüchternd. Ich fragte Minister, Staatssekretäre, Staatskanzleichefs, Büroleiter und Abteilungsleiter. Immer berief ich mich auf jemanden oder kannte die Betreffenden persönlich. Manchmal bekam ich nicht mal eine Antwort.

Am ernüchterndsten war ein Gespräch, das stattfand. Mit einem Politiker aus Kiel: Ulf Daude, Bundesvorsitzender der Arbeitsgemeinschaft für Bildung (AfB) der SPD. Einer, der reden kann. Der lebhaft ist, pointiert, der Beispiele und Anekdoten bringt, der auch zuhört. Und dazu: Er teilt meine Kritik daran, wie wir schreiben. Beste Voraussetzungen also, um von Kiel aus die Sprache in unseren Schulen zu revolutionieren.

Pustekuchen.

Wir begannen unser Gespräch im besten Einvernehmen über unsere Sprache. Wie umständlich, elitär und langweilig die Entwürfe von Referenten in Verwaltung und Politik sind. Dass es vor allem darum geht, keine Fehler zu machen. Dass viele nur für ihre direkten Vorgesetzten in der Hühnerleiter schreiben. ***»Die ewige Anpasserei«***, sagt Daude.

Dann sagt er etwas, was mich besonders freut: ***»Mit Juristen gibt's häufig den größten Ärger.«*** Ich lehne mich erwartungsvoll vor. ***»Für die muss immer alles absolut präzise formuliert sein.«*** Ich bin gespannt, kann es sein, dass er … ***»Komischerweise sind das die juristischen Texte ja gerade nicht.«***
Jipeee. Endlich sagt's mal einer.

Juristen geht es vor allem darum, nicht angreifbar zu sein. Ihre Formulierungen sollen korrekt sein, aber nicht unbedingt eindeutig zu verstehen. Wenn zwei Leser einen Text unterschiedlich auffassen – ihr Problem. Die Verfasser sind fein raus. Ja, es gibt Juristen, die verständlich schreiben. Entschuldigung. Aber gerade die werden mir recht geben – oder?

Bei Kindern ist das noch anders, sagt Daude, der Lehrer an einer Grundschule war. Die schreiben für sich oder die Leser. Die schreiben, wie sie es sehen, oder versetzen sich in die Lage von anderen. Die haben kein Problem damit, aus Sicht einer Biene zu

schreiben, warum sie sich für eine Blume interessieren. Das wird ihnen aber in der Schule abtrainiert.
Genau. Deckt sich damit, was mir andere Lehrer sagen. Kreativität und Individualismus werden zugunsten von Schema F abgelöst. Damit sich das Geschriebene leichter bewerten lässt. Oder damit es der Norm entspricht.

Außerdem muss es kompliziert klingen, damit es gut ist. Daude zitiert einen Professor aus seinem Lehramts-Studium. Der sagte: ***»Einige von Ihnen müssten in Amerika studieren, damit Sie erfolgreich sind.«***
Warum?
»Weil man in Amerika, anders schreiben kann als in Deutschland. Dort wird verlangt, dass auch ein Nichtfachmann wissenschaftliche Texte lesen und grundsätzlich verstehen kann. Bei uns wäre das dann die Abteilung Populärwissenschaft.«
In einem persönlichen Gespräch sagte ihm der Professor: ***»Ihre Hausarbeit ist super. Ich kann sie aber nicht top bewerten, weil sie nicht fachsprachlich genug geschrieben ist. Inhalt glatt Eins. Sprache nur Drei. Also insgesamt Zwei. In Amerika, wo sich die Studenten gefälligst verständlich ausdrücken sollen, hätte es wohl für eine Eins gelangt.«***
Und, frage ich, was ist Ihre Schlussfolgerung daraus?
»Man passt sich an.«

In Deutschland, fährt Daude fort, wird man auf Fachsprache trainiert. Die niemand verstehen muss, die abgrenzt. Typisch deshalb ein Beispiel von seiner Großmutter. ***»Der Hausarzt erklärt seine Diagnose. Meine Großmutter denkt: Häh? Aber natürlich traut sie sich nicht, nachzufragen. Wie sähe das denn aus, und der Herr Doktor redet doch so schlau.«*** So, sagt Daude,

können gefährliche Missverständnisse entstehen. So grenzen sich Menschen ab.
Und so, sage ich, ist es bei uns überall.
Daude: ***»Das Erstaunliche ist: Es funktioniert.«***

Ja, allzu viele machen in dem Wahn mit, zu denken, jemand sei schlau, wenn er sich kompliziert, gar unverständlich ausdrückt. Das ist auch in meinen Schreibseminaren so. Immer wieder flammt der Einwand auf: ***»Aber was sagt mein Chef dazu, wenn ich auf einmal so einfach schreibe? Das wirkt dann ja nicht mehr intellektuell genug.«***

Es ist zum Aus-der-Haut-Fahren. Diese Leute wollen durch komplizierte Sprache Intellekt vortäuschen. Vielleicht sollten sie es mal mit Intellekt probieren. Am besten in einfacher Sprache. Weil sich dann überprüfen lässt, ob sie wirklich etwas zu sagen haben. »Intellekt« lässt sich übrigens laut Duden mit »Verstand« übersetzen; ich habe es gerade nachgeguckt.

Dann sagt Daude einen Hammer-Satz: ***»Warum legen wir Deutschen so viel Wert darauf, dass wir anders sind?«***
Yep, denke ich. Sicherheitshalber frage ich nach, was er mit »anders« meint.
»So elitär. Wir Deutschen halten uns offenbar für etwas Besseres, wenn wir so reden oder schreiben.« Sprache darf in Deutschland nicht »einfach« sein. ***»Wenn's einfach ist, ist es nichts wert.«*** Daude rät mir deshalb dringend, von »verständlicher« Sprache zu reden, nicht von »einfacher«.

So, jetzt aber Butter bei die Fische. Wir sind uns einig, schön und gut. Aber kriegen wir das hin, die Schule so zu reformieren, dass wir lernen, uns verständlich und wirkungsvoll auszudrücken?

»Nein. Nicht schnell und nicht einfach!«
Uff. Warum nicht?
»Man kann es nicht gegen die Menschen machen.«
Aber es ist doch gerade für die Menschen. Es muss doch gerade im Interesse der Sozialdemokratie sein, dass Sprache einfacher und damit verständlicher ist.

»Sagen Sie nicht ›einfach‹. Das wollen die Menschen nicht. Das gilt insbesondere für die Eltern. Die wollen, dass aus ihren Kindern was wird. Viele sollen aufs Gymnasium. Die sollen Abitur machen. ›Einfach‹ klingt zu niveaulos.«
Na gut, also verständlich.
»Schon besser. Wird aber auch erst einmal nicht viel helfen. Es soll schwierig sein. Es soll kompliziert klingen. Sonst wäre es ja nichts Besonderes.«

Wie gesagt, Daude ist eigentlich auf meiner Seite. Er ist nur skeptisch, dass sich schnell etwas ändern lässt. Wer sägt schon gerne an seinem eigenen Ast? Das System ist schließlich auf elitäre Sprache aufgebaut. So ist es gelernt. Viele können es nicht anders oder ziehen ihren Stolz daraus, es so zu können. Wer von ihnen sollte ein Interesse daran haben, es anders zu machen?

Ein Lehrer empfahl mir den »üblichen« Weg: ***»Publizieren Sie Ihre Ansicht in den einschlägigen Foren und gehen Sie damit in den öffentlichen Diskurs.«*** Nein. Ich will nicht erst ein Opa werden. Auch Daude empfiehlt mir, nicht »auf oben«, also die Politik oder Ministerien, zu setzen. Sondern eine gesellschaftliche Debatte anzustoßen.

Nun gut. Deshalb schreibe ich ja dieses Buch.

Einen konkreten Vorschlag hat Daude dann aber doch: Beim nächsten Bundesausschuss der Arbeitsgemeinschaft für Bildung der SPD soll ich vortragen, wie man Anträge so schreibt, dass sie verständlich und wirkungsvoll sind. Tja, ich sehe schon. Ich habe noch einen langen Weg vor mir. Aber wie sagte Scarlett O'Hara am Ende von »Vom Winde verweht«: ***»Morgen ist auch noch ein Tag.«***

7.4. Beim Bundesausschuss

Bei den Bildungspolitikern der SPD komme ich vielleicht doch noch weiter. Jedenfalls fangen sie schon mal an, sich über mein Thema Gedanken zu machen.

Im Mai 2017 habe ich 25 Bildungspolitiker vor mir. Beim Bundesausschuss der Arbeitsgemeinschaft für Bildung (AfB) der SPD. Darunter sind viele Lehrer. Stürmen die hinterher mit mir zusammen die Barrikaden? So weit ist es noch nicht. Aber hier sind Politiker zusammen, denen es einleuchtet, dass die Schule lehren sollte, besser zu schreiben. Und die sich Gedanken darüber machen, wie sie das anstellen könnten.

In unser Gespräch steige ich etwas zu aggressiv ein, weil es mich gerade bei Sozialdemokraten ärgert, wenn sie abgehoben schreiben. Ich habe kein Wort von den Politikern vor mir gelesen. Aber sie kriegen meinen Ärger stellvertretend für die vielen Sozialdemokraten ab, die vergessen zu haben scheinen, dass die SPD eine Arbeiterpartei ist. Menno, gerade ihr müsst euch doch so ausdrücken, dass euch jeder versteht!

Meine Kritik an elitärer Sprache stößt auf Zuspruch und Widerspruch. Es komme schließlich auf das Publikum an, heißt es wieder einmal. Vor einem bestimmten Publikum könne man ruhig auch anspruchsvoller reden. Doch diese Meinung vertreten die wenigsten. Stattdessen mehren sich die selbstkritischen Stimmen: ***»Wir schließen andere vom Verstehen aus.«*** Und: ***»Wir tragen zur Politikverdrossenheit bei.«*** Und: ***»Wenn es uns darum ginge, mit den Menschen wirklich ins Gespräch zu kommen, müssten wir uns beim Kommunizieren mehr Mühe geben.«***

Aber, heißt es: ***»Es darf ja auch nicht zu banal sein.«*** Und: ***»Einfache Sprache ist auch nicht immer schön.«*** Und: ***»Es gibt einen gesellschaftlichen Anspruch, elaboriert zu schreiben. Wenn ich einer Bank kein achtzigseitiges Businesskonzept vorlege, dann bekomme ich kein Geld.«***

Dagegen heißt es: ***»Einfache Sprache kommt gut an. Auch bei denen, für die sie nicht gedacht ist.«*** Und: ***»Es gibt Kreise, die bewusst verschleiern. Die kaschieren auch ihr eigenes Unverständnis.«***
Ich füge an: ***»Mir wäre lieber, wir hätten mehr Angst davor, elitär zu sein, statt banal zu sein.«***

Und wie sehen die Bildungspolitiker die Schule? Wird in der Schule zu wenig Wert auf Sprache gelegt?

Jemand fordert mich auf, ich solle ein Beispiel geben. Also gut: ***»Der Foulelfmeter wird verwandelt.«*** Das ist hässlich, weil passiv. Außerdem weiß man nicht, wer den Elfmeter verwandelt. Wenn Sie sich vornehmen, aktiv zu schreiben, müssen Sie automatisch den Torschützen nennen. Auch die Regel ***»Subjekt, Prädikat, Objekt«*** hilft. Der Satz würde also lauten: ***»Papst***

Franziskus verwandelt einen Foulelfmeter.« Klingt besser, ist konkreter. Auf so was legt die Schule aber keinen Wert.

Dieses und andere Beispiele scheinen zu überzeugen. Die Kritik am Deutschunterricht kommt in Gang. ***»Kein Mathe-Lehrer würde auf die Idee kommen, dass Zahlen nicht wichtig wären. Im Deutschunterricht arbeiten wir aber nicht an Wörtern.« Und: »In der Grundschule dürfen die Schüler noch aus dem Erlebnis heraus schreiben. Die Verformung beginnt ab Sekundarstufe 1.«*** Und: ***»Wir erziehen zu Anpassung und Gehorsam.«***

Haben wir alles so ähnlich schon mal gehört. Neu ist für mich folgender Satz: ***»Unser Deutschunterricht ist kein Deutschunterricht. Sondern Literaturunterricht.«*** Wham. Das ist es ja, was die Schüler immer wieder bemängeln. Dass sie mit literarischen Texten konfrontiert werden, die sie langweilen. Allerdings tut sich etwas, Herrn Becker-Mrotzek und anderen sei Dank.

Und dann fällt auch noch der Satz, den ich so oft höre, diesmal besonders leidenschaftlich vorgebracht: ***»Lehrer können einfach nicht schreiben!«*** Es ist eine Lehrerin, die das sagt. Fast verzweifelt erzählt sie, dass nun eine Referendarin in den Schuldienst übernommen werde, ***»obwohl die keinen geraden Satz schreiben kann«***. Die habe nun ausgelernt. Die werde nicht mehr lernen, besser zu schreiben. Grauenvoll.

Ich frage, ich dränge: Was kann Politik, was können Sie nun tun?

Es braucht Zeit, bis konkrete Antworten kommen. Die allermeisten haben noch nie darüber nachgedacht, ob wir lernen sollten, besser zu schreiben. Die Vorschläge aus der Runde sind also aus der Hüfte geschossen:

»Wir brauchen Lerninhalte, in denen es um die Vielfalt der Sprache geht.«
»... und um gute Texteinstiege.«
»Das kreative Schreiben muss rein in die Lehrpläne.«
»Rhetorik sollte Schulfach werden.«
»Noten abschaffen. Damit das Schreiben nicht in die Passform des Lehrers reinpassen muss.«
»Noten sollten sich nicht länger an der Gruppennorm orientieren. Also daran, wer ist der Beste, wer ist der Schlechteste. Sondern an dem individuellen Lernerfolg.«
»Einfache Sprache in das Curriculum aufnehmen.«
»Ins Curriculum aufnehmen, welche Vorteile klare Sprache hat.«
»Lernen, etwas auf den Punkt zu bringen.«

Die Zeit ist rum. Wir vereinbaren, im Gespräch zu bleiben. Der AfB-Landesverband Bayern schreibt mir hinterher, dass mein Thema auf die nächste Tagesordnung soll. Die Idee, so die Landesvorsitzende Marion Winter: ***»Was muss sich ändern, damit Kinder nicht das Schreiben verlernen?«***
Hinter diesen Satz hat sie ein Smiley gesetzt.

7.5 Die Sau wird gewogen, aber nicht gemästet

Gutes Schreiben lässt sich nur schwer objektiv beurteilen. Deshalb spielt es für das Institut zur Qualitätsentwicklung im Bildungswesen (IQB) keine große Rolle.

»Institut zur Qualitätsentwicklung im Bildungswesen – Wissenschaftliche Einrichtung der Länder an der Humboldt-Universität zu Berlin« (IQB). So lautet der volle Name des Instituts, das unter anderem die Aufgaben für das Abitur im Fach Deutsch entwickelt. Nach guter Sprache klingt das schon mal nicht. Das IQB vergleicht außerdem die Fähigkeiten der Schüler im Fach Deutsch im ganzen Bundesgebiet. Das gute Schreiben spielt dabei eine untergeordnete Rolle. Im Gegensatz zum Lesen wird es nur alle fünf Jahre getestet. Auch deshalb, weil es so schwer nach objektiven Maßstäben zu bewerten ist. Also hat die Sprache wieder mal Pech gehabt.

Dieser Text ist mit dem IQB abgestimmt. Er ging mehrmals hin und her. An der Korrektur beteiligten sich mehrere Mitarbeiter des IQB. Ich soll keine Namen nennen. Aus meinem ersten Entwurf fand sich nur wenig wieder. Das lag auch daran, dass ich aus dem ersten Gespräch einiges falsch verstanden hatte. Anderes war zu heikel. Den vom IQB umgeschriebenen Text wollte ich nicht akzeptieren, unter anderem deshalb, weil die durchschnittliche Länge der Sätze so lang war wie dieser Satz und damit erheblich länger als die allermeisten Sätze in diesem Buch. Außerdem habe ich den umgeschriebenen Text nicht voll verstanden, weshalb ich ihn wieder umschrieb, was erneut Korrekturen zur Folge hatte. Und so weiter. Dennoch: Das IQB gehört in dieses Buch. Seine Mitarbeiter waren beeindruckend engagiert und gewissenhaft. Nur deshalb habe ich akzeptiert, dass immer noch Wörter und Sätze nicht nach meinem Geschmack sind. Wenn Sie sich also an Sätzen stören wie ***»Die Auswertung der Pilotierung übernehmen Empiriker«***, dann muss ich zugeben: Mir fehlte die Kraft, noch weitere Korrekturschleifen zu drehen. Hier also der umkämpfte autorisierte Text:

Im Oktober 2016 hat das IQB für nervöse Reaktionen in der Bildungslandschaft gesorgt. Baden-Württemberg hat im Vergleich mit den anderen Bundesländern im IQB-Bildungstrend 2015 schlecht abgeschnitten. Vor allem im Vergleich zum Jahr 2009.

Getestet wurde im Fach Deutsch in Lesen, Zuhören und Orthografie. Baden-Württemberg ist dabei in den Bereichen Lesen und Zuhören in die Nähe von Berlin und Bremen gerückt. Das hat das Ländle tief getroffen.

In den Siebziger- und Achtzigerjahren konzentrierte sich die Bildungspolitik vor allem auf Schulorganisation. Man ging davon aus, dass in vergleichbaren Klassen vergleichbare Leistungen erreicht würden und dass Deutschland im internationalen Vergleich gut abschneiden würde.
Dann kam der PISA-Schock.

Das war 2001. Seitdem hat die Qualitätssicherung Einzug in die Schulwelt gehalten. 2003/2004 wurden Bildungsstandards eingeführt. 2004 wurde das IQB gegründet. Im Juni 2006 beschloss die Kultusministerkonferenz eine »Strategie zum Bildungsmonitoring«.

Im Jahr 2015 erfolgte eine Überarbeitung, und so ist das IQB nun zuständig für die
»Überprüfung und Umsetzung von Bildungsstandards für die Primarstufe, die Sekundarstufe I und die Allgemeine Hochschulreife«. Außerdem für »Verfahren zur Qualitätssicherung auf Ebene der Schulen (z. B. VERA)«.

Das IQB wiegt die Sau nur, mästet sie aber nicht. Soll heißen: Das IQB ist vor allem empirisch tätig. Es misst die Fähigkeiten der Schüler. Was die Länder aus den Testergebnissen machen, ist ihre Sache.

Die Ergebnisse des IQB-Bildungstrends interessieren mich für dieses Buch nicht. Denn gutes Schreiben wird dabei nicht getestet. Beim IQB heißt es dazu: ***»Die Kompetenzen im Schreiben zu erfassen und auszuwerten, ist sehr zeitaufwendig und teuer. Und von den Ländern und der KMK haben wir noch keinen Auftrag erhalten, auch in diesem Bereich zu testen.«***

Schauen wir uns also eine weitere Aufgabe des IQB an: die jährlichen »Vergleichsarbeiten« (VERA), an denen sich alle Schulen im Bundesgebiet beteiligen. Die Rückmeldungen an die Schulen dienen dazu, die Qualität des Unterrichts zu verbessern. Jedes Jahr testet das IQB Schüler in zwei von insgesamt fünf Kompetenzbereichen: »Lesen«, »Zuhören«, »Orthografie«, »Sprache und Sprachgebrauch untersuchen« sowie »Schreiben«.

»Lesen« ist immer dran. »Schreiben« eher selten: Zuletzt 2011 und 2015. Die Länder entscheiden, wie häufig im Bereich »Schreiben« getestet wird. Das Auswerten von Schülertexten ist sehr aufwendig. Da die Lehrer diese Aufgabe übernehmen, müssen die Länder gut überlegen, ob sie ihnen diese zusätzliche Arbeit aufbürden.

Als ich nach handwerklichen Kriterien frage, wie nicht zu lange Sätze, aktiv schreiben, Hauptwörter durch Verben ersetzen, Subjekt, Prädikat, Objekt etc., heißt es: So ins Detail gehen wir nicht. Diese Aspekte fließen aber indirekt in die Beurteilung ein, z. B. bei der Beurteilung der Kriterien »sprachliche Richtigkeit« und »Stil«.

In den Tests geht es viel um Multiple Choice oder Aufgaben, die mit »richtig« oder »falsch« zu beantworten sind. Das verspricht am ehesten, dass die Leistungen der Schüler objektiv bewertet werden können. Es gibt aber auch »offene Formate«. Also Aufgaben, bei denen die Schüler »eine Kurzantwort« geben müssen.

Lässt sich so herausfinden, wie gut wir schreiben? Und wie sich die Qualität des Schreibens verbessern lässt? Nicht wirklich.

Im »Kompetenzbereich Schreiben« gibt es deshalb im Teilbereich »freies Schreiben« für die Schüler »freie Schreibaufgaben«. Die lassen sich nicht einfach mit »richtig« oder »falsch« bewerten.

Hier folgen die Kriterien für den mittleren Schulabschluss für argumentierende, erzählende und informierende Texte. Diese Kriterien hat die Kultusministerkonferenz formuliert. Es wird jetzt also ziemlich anstrengend. Anmerkung dazu vom IQB: ***»Finden Sie? Ich finde den Text einfach und verständlich. Er ist nicht wissenschaftlich, sondern vor allem an Lehrerinnen und Lehrer gerichtet.«***
Urteilen Sie selbst.

»Bei der Bewertung von Schülertexten wird üblicherweise nach Gesichtspunkten des Inhalts, des Aufbaus bzw. der Struktur und des Sprachgebrauchs unterschieden, wobei es beim Sprachgebrauch sowohl um stilistische Angemessenheit als auch um Korrektheit geht. Was als inhaltlich relevant gelten kann, ergibt sich aus der Spezifik der Schreibaufgabe und dabei nicht zuletzt daraus, dass jeweils etwas für bestimmte Adressaten dargestellt bzw. erklärt werden und für diese Leserschaft ein roter Faden erkennbar sein soll. Bei der Beurteilung des Aufbaus bzw. der Struktur wird gefragt, inwieweit der Schülertext als ein gutes Beispiel für die jeweilige Textsorte (das Textmuster, die Schreibform) angesehen werden kann, ob er folgerichtig gegliedert ist, ob Teile richtig platziert und ob Übergänge plausibel sind. In stilistischer Hinsicht interessiert beispielsweise bei argumentativen Texten, ob sie hinsichtlich der Belege sach-

lich und hinsichtlich der Argumentation wertend-persuasiv geschrieben sind. Bei primär informativen Texten wird hingegen untersucht, ob sie durchgängig sachlich und beispielsweise nicht wertend gehalten sind; bei narrativen Texten, ob sie ausschmückend und unterhaltend sind. Für alle Textmuster ist ein sprachstilistisches Qualitätsmerkmal, ob der Satzbau variabel und der Wortschatz umfangreich sowie der Aufgabe und der intendierten Leserschaft angemessen ist. Die Beurteilung der sprachlichen Korrektheit schließlich bezieht sich auf die Grammatik, beispielsweise darauf, ob die Kasus richtig sind, und auf die Orthografie einschließlich der Zeichensetzung.« (Beschluss der Kultusministerkonferenz (KMK) vom 13./14.3.2014, S. 10)

Wie nun dementsprechend einen Test entwickeln, der die Schreibkompetenz der Schüler misst?

Dem IQB ist dafür keine Mühe zu viel: Um einen Test für einen Kompetenzbereich zu entwickeln, braucht es zwei Jahre. Im Arbeitsbereich Deutsch Sek. I treffen sich in regelmäßigen Abständen ca. zehn Lehrkräfte aus sieben Bundesländern sowie ihre fachdidaktischen Berater, fast alles Professoren. Die Auswertung der Pilotierung übernehmen Empiriker. Zusätzlich arbeiten studentische Hilfskräfte mit. Die Aufgaben durchlaufen viele Qualitätsschleifen, und vor der Pilotierung werden sie den Ländern zur Diskussion gestellt.

Das Folgende ist nicht mehr mit dem IQB abgestimmt.

Daraus entsteht dann zum Beispiel die Aufgabe »Zeitungsnachricht schreiben«. Hier in meinen eigenen Worten, worum es geht: Ein US-Richter verklagt eine Reinigung auf Schadenersatz in Höhe von 67 Mio. Dollar, weil sie seine Hose nicht findet.

Im Schaufenster hatte ein Schild mit der Aufschrift gehangen: »Garantierte Zufriedenheit«. Im Laufe des Prozesses reduziert der Richter seine Forderung auf 54 Mio. Dollar. Die Reinigung entfernt ihr Schild aus dem Schaufenster.

Unterhaltsames Thema. Interessante Aufgabe: aus Informationen eine Nachricht schreiben. Also Fakten mit abnehmender Wichtigkeit aneinanderreihen. Ohne zu werten.

Alles gut also? Vielleicht bin ich kleinlich, aber ich gebe Ihnen mal ein paar Beispiele aus der »Didaktischen Handreichung: Aufgabe Zeitungsnachricht schreiben« des Instituts zur Qualitätsentwicklung. Es fängt an mit: ***»Thema: Hohe Schadenersatzforderung an eine Reinigung von einem US-Richter.«***

Besser wäre, aktiv zu formulieren, also so: ***»Ein US-Richter fordert 67 Mio. Dollar Schadenersatz von einer Reinigung.«*** Das erspart uns auch das »ung«-Wort »Schadenersatzforderung«.

Später heißt es: ***»sprachliche Mittel zur Sicherung des Textzusammenhangs anwenden; Satzstrukturen kennen und funktional verwenden«***. Keine Ahnung, was das bedeutet. Als Journalist kann ich zwar Nachrichten schreiben, aber nicht ***»sprachliche Mittel zur Sicherung des Textzusammenhangs anwenden«***.

Das IQB listet zahlreiche Kriterien für Noten auf. Jedes Kriterium wird erläutert und mit Beispielen versehen. Mit jeweils einem Beispiel für ein ***»erfülltes Kriterium«*** und einem für ein ***»nicht erfülltes Kriterium«***. Ein Beispiel für ein »nicht erfülltes Kriterium« lautet:

»Im Zeitung ist der US-Richter Roy Pearson hier kann man bei Klage Pearsons auf Schadenersatz Irrführen in Höhe von 67 Million Dollar. Man kann Hosen zur Reinigung bringen. Beim Reinigung wird die Schilder entfernt […]«

So steht das da wirklich, in der Schrift eines Schülers. Hilft das den Lehrern beim Benoten? Muss ich als Lehrer nicht denken: Halten die mich für blöd?

Kriterien für die Note sind:

- Schriftbild/Lesbarkeit
- Dass der Text mindestens 20 Wörter umfasst
- Rechtschreibung: Weniger als 5 % der Wörter enthalten Fehler im Bereich der Rechtschreibung
- Grammatik: (weniger als 5 % der Wörter)
- Zeichensetzung: Kommas werden meist richtig gesetzt (weniger als ¼ der notwendigen Stellen)
- Wortschatz: Der Text weist auf einen umfangreichen Wortschatz hin. Als Hinweise gelten v. a. verständig gebrauchte Formulierungen, die deutlich über das Wortmaterial im Aufgabentext und ungenaue »Vielzweck-Wörter« (machen, sagen, gehen, Ding/Sache, gut/schlecht) hinausgehen
- Kontrolle des Satzbaus
- Einhalten der Textsorte
- Bezugnahme und Rezipientenorientierung
- Kohärenz und Kohäsion

Das meiste davon verstehe ich. Aber was genau ist mit ***»Rezipientenorientierung«*** gemeint? Und was mit ***»Kohärenz«*** und ***»Kohäsion«***?

Hier das Beispiel für ein »nicht erfülltes Kritierium« zu »Kohärenz« und »Kohäsion«:

»US-Richter Roy Person muss zahlen!
Der US-Richter Roy Person muss 54 Millionnen Dollar bezahlen weil er ein Angeklagten zu unrech verurteilt hatte nun muss er wegen irreführung und betruges 67 Millionen Dollar bezahlen.«

Tja, ohne Kohärenz und Kohäsion wird es eben nichts mit dem Schreiben von Nachrichten.

7.6 Gute Sprache ist nur das Sahnehäubchen

Das findet ausgerechnet jemand von der Kultusministerkonferenz. Mit dem Schreiben sei es wie mit schlechten Autofahrern. Unfallfrei reicht.

Die Kultusministerkonferenz (KMK) wirkt auf Qualitätsstandards in Schule und Hochschule hin. Ist sie also schuld daran, dass wir nicht lernen, besser zu schreiben? Ich spreche mit jemandem von der KMK, der etwas zu sagen hat. Als ich ihm maile, was ich aus unserem Gespräch gemacht habe, schreibt er zurück, er wolle nicht genannt werden. Er sei davon ausgegangen, es handele sich um ein Hintergrundgespräch. ***»Wir haben wenig Kontakt zu Dritten wie Ihnen«***, hatte er mir zu Beginn unseres Gesprächs gesagt.

»Ich habe Ihre Frage mit nach Hause genommen«, sagt XY. Also ob Lehrer schreiben lernen sollten. Seine Antwort darauf lautet:

»Die meisten Lehrer formulieren nicht selber. Die wenigsten schreiben Musterklausuren oder Unterrichtsmaterial. Es gibt ein geringes Bewusstsein für gute Sprache. Was wir aber alle machen: urteilen, kritisieren. Meine Selbstbeobachtung ergibt: Ich formuliere nicht aus dem Stand gut. Ich texte ja nicht allein deshalb gut, weil ich in der Hierarchie höher bin.«

Ich frage: was soll gute Sprache leisten?

»Da kann ich nur auf unsere Formeln verweisen. Die Stilanalyse gerät in den Hintergrund. Es gibt nur einen minimalinvasiven Aufwand, die Sätze besser zu machen.«

Was sagen Sie denn zu unserer Sprache?

»Was für ein Schematismus. Die arme Literatur. Ihr Anliegen, besser zu schreiben, das ist das Sahnehäubchen.«

Heißt das, ich will zu viel?

»Ihr Anliegen ist berechtigt. Es ist ein bisschen wie beim Autofahren. Viele fahren unendlich schlecht, aber unfallfrei. Das reicht uns.«

Spielen meine Grundsätze fürs gute Schreiben überhaupt eine Rolle? Also kurze Sätze, aktiv schreiben, viele Verben. Auf den Punkt kommen, nicht langweilen …

»Ihre Grundsätze sind in den Lehrplänen drin. Aber es ist eine Frage der Praxis.«

Kann es denn nicht so in den Lehrplänen stehen, dass die Lehrer nicht daran vorbeikönnen?

»Das nützt nichts. Die Lehrer entscheiden.«

Um doch noch ein autorisiertes Gespräch mit der KMK zu führen, wende ich mich über ihren Pressesprecher an die Vorsitzende Susanne Eisenmann. Keine Antwort.

Was ist die KMK?
Ich zitiere von der Homepage der KMK, damit Sie präzise erfahren, worum es geht:

»In der Ständigen Konferenz der Kultusminister der Länder in der Bundesrepublik Deutschland (kurz: Kultusministerkonferenz) arbeiten die für Bildung und Erziehung, Hochschulen und Forschung sowie kulturelle Angelegenheiten zuständigen Ministerinnen und Minister bzw. Senatorinnen und Senatoren der Länder zusammen. Dabei nehmen die Länder ihre Verantwortung für das Staatsganze selbstkoordinierend wahr. In Angelegenheiten von länderübergreifender Bedeutung sorgen sie für das notwendige Maß an Gemeinsamkeit in Bildung, Wissenschaft und Kultur. Eine wesentliche Aufgabe der KMK besteht darin, durch Konsens und Kooperation für die Lernenden, Studierenden, Lehrenden und wissenschaftlich Tätigen das erreichbare Höchstmaß an Mobilität zu sichern, zur Gleichwertigkeit der Lebensverhältnisse in ganz Deutschland beizutragen und die gemeinsamen Interessen der Länder im Bereich Kultur zu vertreten und zu fördern. Daraus ergeben sich als abgeleitete Aufgaben:

- die Einheitlichkeit und Vergleichbarkeit von Zeugnissen und Abschlüssen als Voraussetzung für die gegenseitige Anerkennung zu vereinbaren,
- auf die Sicherung von Qualitätsstandards in Schule, Berufsbildung und Hochschule hinzuwirken,
- die Kooperation von Einrichtungen der Bildung, Wissenschaft und Kultur zu fördern.
Die erforderliche Koordination erfolgt durch Beschlüsse, Empfehlungen, Vereinbarungen oder auch Staatsabkommen, die einen verbindlichen Rahmen vorgeben. Im Sinne der gewollten Vielfalt im Bildungswesen wird auf Detailregelungen verzichtet, um Raum für Innovationen zu lassen.«

7.7 Was machen die Bayern richtig? Sie machen es anders!

Der Pool für Abiturarbeiten vom IQB? Nur ein Angebot. Multiple Choice? Sollen andere machen. Der Einstiegssatz mit fünf Kriterien? Muss nicht.

Bayern schneidet in bundesweiten Bildungsvergleichen immer besonders gut ab. Also mal mit denen reden. Das bayerische Bildungsministerium vermittelt mir Ministerialrat Peter Kammler. Ich schreibe ihm. Sie kennen das ja bereits: In der Schule wird uns das gute Schreiben abtrainiert. An der Uni erst recht. Wir lernen, für die Prüfer zu schreiben. Es geht um Gleichmacherei statt um die persönlichen Stärken etc.

Herr Kammler schrieb zurück: ***»Einige Ihrer Punkte sind auch uns ein Anliegen.«***

Ok, dann wollen wir mal sehen.

Es entwickelt sich von Anfang an ein spannendes Gespräch, aber ich schlage vor, dass wir uns zunächst anschauen, was das Land Bayern anders macht als andere Bundesländer. Wenn Sie danach noch Lust dazu haben sollten, einem Herrn Franz und einem Herrn Kammler beim Telefonieren zu folgen, lesen Sie einfach weiter.

Herr Kammler hatte mir vor unserem Gespräch ein Schreiben seines Hauses an die Schulleiter geschickt, vom 19.7.2016. Nicht gerade leicht zu lesen, aber inhaltlich interessant. Ich fand einen Satz, bei dem ich nicht wusste, ob ich mich trauen kann, ihn richtig zu verstehen:

»Die Beschränkung auf mehrgliedrige Schemata mit einer bloßen Umrechnung der addierten Bewertungseinheiten in Noten führt dazu, dass Analyse, Beurteilung und Bewertung einer Schülerleistung auf das formalisierte Kriterienfeld reduziert werden. Charakter und Wert einer Leistung lassen sich nur ganzheitlich erfassen.«

Na, elektrisiert? Hinter diesem Satz steckt doch wohl, dass das Land Bayern nichts von diesen Bewertungsbögen hält, mit denen Lehrer anderer Bundesländer 0 bis 112 Punkte vergeben. Richtig, Herr Kammler?
»Richtig.« Und nach einer kurzen Pause: ***»Aber was meinen Sie mit diesen Bewertungsbögen – 0 bis 112 Punkte? Die kenne ich nicht.«***
Na, so was, der Föderalismus, also die Eigenständigkeit der Länder, scheint zu funktionieren. Da machen es die Bayern doch tatsächlich anders. Trauen den Lehrern zu, die Gesamtleistung

der Schüler nach ihrem eigenen Gesamteindruck zu beurteilen. Lassen dadurch auch bei den Schülern mehr Individualität zu, weil die nicht bei allen Kriterien die Höchstpunktzahl erreichen müssen. Ich bin schwer begeistert.

Herr Kammler, dann trauen Sie Ihren Lehrern ja noch richtig was zu, nämlich sich selbst ein persönliches Bild von der Leistung der Schüler zu machen.

»Das ist gefährlich, was Sie sagen. Das deutet ja darauf hin, dass es bei gleicher Leistung unterschiedliche Noten geben könnte. Und das wollen wir nicht.«

Kann sein, dass das gefährlich ist. Aber es stimmt doch. Die Lehrer entscheiden selber. Das gibt mehr Freiheiten für alle. Kriegen Sie es denn trotzdem hin, dass die Schüler für die gleiche Leistung gleich bewertet werden?

»Diese Diskussion gab es früher mal bei uns. Der eine Lehrer gibt eine 5, der andere eine 3. Das ist jetzt aber kein Thema mehr. Unsere Kriterien sind weiter gefasst, aber sie scheinen zu funktionieren. Man muss ja das große Ganze im Blick haben. Funktioniert ein Text oder nicht? Wenn ich als Lehrer ständig Rechtschreibfehler zähle, folge ich nicht dem, worauf es eigentlich ankommt: dem Gedankengang.«
Ok, die Bayern machen bei den Bewertungsbögen schon mal nicht mit. Was ist denn mit Multiple Choice und den Richtig-Falsch-Fragen, die in Deutschklausuren zunehmen? Herr Kammlers Antwort überrascht jetzt nicht mehr wirklich.
»Bei uns ist ganz wichtig, dass die Schüler zusammenhängende Texte schreiben. Multiple Choice, das kann mal sein. Aber Schreiben übt man durch schreiben. Deshalb haben wir

auch bei den Bildungsstandards der KMK erfolgreich dafür gekämpft, dass es kein Multiple Choice in Abiturarbeiten gibt.«

Also, keine Bewertungsbögen von 0 bis 112, wenig Multiple Choice. Wahrscheinlich machen es die Bayern auch noch beim Einstiegssatz anders, der den besagten fünf Kriterien genügen muss – oder?

»Bei uns lernen die Schüler auch, die wesentlichen Informationen in einem Satz zusammenfassen zu können. Aber ob sie das dann wirklich tun, spielt für die Note keine Rolle. Wir haben in Bayern gute Erfahrungen damit, die Leistung der Schüler ganzheitlich zu bewerten und uns nicht durch einzelne Kriterien über den Wert einer Gesamtleistung täuschen zu lassen.«

Und, Herr Kammler, was halten Sie davon, dass das IQB neuerdings einen Pool für die Abiturarbeiten für alle Bundesländer entwickelt?

Auch darauf hat das Land Bayern in Person von Herrn Kammler eine entspannte Sicht: ***»Die Länder setzen diese Abiturarbeiten in eigener Verantwortung um. Außerdem bieten wir den Schülern im Abitur fünf verschiedene Aufgaben an, aus denen sie auswählen dürfen. Eine davon ist aus dem Pool.«***
Ich muss lachen. Es gibt halt immer eine Lösung. Man muss nur wollen.

»Und wenn eine Aufgabe aus dem Pool unseren eigenen Rahmenbedingungen nicht entspricht, dann ändern wir das. Wir legen unsere Sicht nicht ab.«

So, das war's, was ich vor allem berichten wollte. Ich fahre nun damit fort, wie das Gespräch begonnen hat. Ich finde, es lohnt sich.

Herr Kammler, stimmen Sie zu, dass unsere Sprache zu elitär ist?

»Ich habe selber Germanistik studiert. Da mussten wir uns viel mit Sekundärliteratur auseinandersetzen. Texte, die möglichst umständlich geschrieben sind. Da muss man erst in die Exegese gehen. Ich hatte zum Glück einen Professor, bei dem wir uns an Primärliteratur gehalten haben.«

Ich frage nicht nach, was Herr Kammler mit ***»Sekundärliteratur«*** meint. Ich verstehe ihn so, dass er Bücher über Bücher meint, Lehrbücher zum Beispiel. Primärliteratur sind demzufolge die Bücher von Schriftstellern. Auch ***»Exegese«*** ist kein Wort, das jeder kennt. Aber Herr Kammler geht wohl davon aus, dass ich es kennen müsste. Ich verstehe darunter einen eher mühsamen Prozess, um etwas zu verstehen. Richtig? Herr Kammler?

»Exegese ist die Wissenschaft von der Bibelauslegung, das war hier im übertragenen Sinne gemeint, also: Sie haben es weitgehend richtig verstanden.«

Warum ist Sprache bei uns so schwer verständlich? In England und den USA geht's ja auch anders?

»In England kamen mir die Fachbücher auch immer leichter vor. Da gilt das Prinzip: ›one idea, one sentence‹. Ich mache es jetzt immer so: Wenn etwas zu schwer geschrieben ist, dann beschäftige ich mich nicht damit.«

Aber diese elitäre Sprache wird doch in unseren Schulen gelehrt. Wieso macht man es nicht mit einfacher Sprache? Da ist er wieder, mein Fehler. Ich soll doch nicht von »einfacher Sprache« sprechen, wie mir Ulf Daude eingetrichtert hat. Herr Kammler nutzt das sofort aus.

»Einfachheit führt zu einer Verarmung der Sprache. Zu einer Niveauabsenkung. Es ist schon wichtig, sich differenziert und genau ausdrücken zu können. Das macht den Reichtum der Sprache aus.«

Klar, darin sind wir uns einig. Aber, beharre ich, sollte nicht alles, was wir schreiben, verständlich sein?

»Jedenfalls für diejenigen, für die ein Text geschrieben ist.«

Ok, aber weiß man immer, wer einen Text in die Finger kriegt? Ich zitiere aus dem Brief seines Hauses an die Schulleiter, der nicht gerade durch Verständlichkeit brilliert:

»Das Ziel der Schreiberziehung am Gymnasium ist der Erwerb von Schreibkompetenzen, die die Schülerinnen und Schüler dazu befähigen, zunehmend komplexere Schreibsituationen mit verschiedensten Schreibzielen zu bewältigen. Zu diesem Zweck erwächst aus dem Deutschunterricht – auch unabhängig von der Schulaufgabenvorbereitung – eine Vielzahl motivierender Schreibanlässe, die adressatenbezogen, heuristisch oder gestaltend angelegt sind und in lebensweltrelevanten, wissenschaftspropädeutischen und literarischen Textsorten realisiert werden.«

Peter Kammler kontert: ***»Der Brief war für Lehrer. Die verstehen das schon.«***

Ja, so ist das mit der Sekundärliteratur. Aber Herr Kammler ist noch nicht zu Ende mit seinem Plädoyer gegen eine zu einfache Sprache:

»Die Schule ist das einzige Institut, in dem eine Vertiefung von Sprache möglich ist. Diesen Anspruch aufrechtzuerhalten, ist eine riesige Herausforderung in der Schule, insbesondere in Klassen, die heterogen sind.«

Ich schaue das Wort ***»heterogen«*** sicherheitshalber in meinem Fremdwörterlexikon nach. Es bedeutet, dass die Schüler unterschiedliche Fähigkeiten haben.

»Es geht auch darum, einem gesellschaftlichen Trend entgegenzutreten. Dass Texte immer kürzer werden, weil Leute nicht mehr in der Lage sind, längere Texte auszuhalten. Es wird der Komplexität der Welt nicht gerecht, sich immer kurz zu fassen. Die Schüler müssen lernen, etwas zu verstehen, wahrhaftig zu argumentieren und sich ein eigenes Urteil zu bilden.«

Kann man das denn lernen, etwas zu verstehen? Wird nicht in Wahrheit im Deutschunterricht Intelligenz geprüft? Die Intelligenz, einen anspruchsvollen Text zu verstehen und das dem Prüfer zu beweisen?

»Es gibt ja unterschiedliche Aufgaben. Wir bieten den Schülern zunehmend Aufgaben an, die Bezug zu ihrem Leben haben, die in ihrem eigenen Interesse sind.«

Das erinnert mich an Herrn Becker-Mrotzek mit seinem ***»motivierenden Schreiben«***. Ich hätte gedacht, das ist selbstverständlich. Aber richtig, in meiner eigenen Schulzeit habe ich in der Schule keine einzige Arbeit geschrieben, die ich für irgendetwas hätte gebrauchen können. Die waren alle nur für den Prüfer.

»Genau. Das ist ein neuer Akzent. Dass die Schüler etwas schreiben, was sie im Alltag schreiben könnten. Darum, Herr Franz, geht es Ihnen ja auch.«

Stimmt.

»Das heißt nicht, dass anspruchsvolle Texte eine geringere Rolle spielen. Es kann auch Faust sein. Dann aber so, dass die Schüler für das Programmheft über eine Aufführung von Faust einen Text schreiben mit dem Thema ›Die Aktualität von Faust für das Heute‹.«

Das ist ja immerhin ein deutschlandweiter Trend, den die Kultusministerkonferenz vorgibt. Gibt es beim Deutschunterricht noch einen bayerischen Akzent?

»Lehrpläne sind für uns Diskursräume. Was erstarrt ist, wird aus der Erstarrung herausgeholt. Früher war es auch bei uns mal so, dass die Aufgabe lautete, zähle jeweils drei Argumente pro und contra auf. Aber darauf kommt es doch gar nicht an. Wichtig ist, zu überzeugen!

Herr Kammler, ich danke Ihnen für das Gespräch.

Wie geht es denn nun besser?

8

8. Wie geht es denn nun besser?

Der Autor Helge Timmerberg sagt: »Regeln sind nur wichtig, wenn sich das Herz nicht sicher ist.« Also sehen Sie meine Regeln bitte nur als Tipps. Sie sollen Ihnen helfen, sie werden Ihnen helfen.

Ausgerechnet dieses Kapitel ist kurz. Zu kurz? Kollegen, die Korrektur lasen, rieten mir, dieses Kapitel auszubauen. Ich: Warum? Steht zu wenig drin? Antwort: Sieht einfach zu dünn aus. Ich: Also soll ich es machen wie in der Schule? Viel schreiben, damit es nach mehr aussieht?
Das Schöne beim Schreiben eines Buches ist: Man hat immer das letzte Wort, wenn man will.

Ich habe dieses Kapitel noch kürzer gemacht. Erheblich kürzer, denn ich habe einige fertige Unterkapitel rausgeschmissen. Ich will zeigen: So viel ist es gar nicht, was es handwerklich zu lernen gibt. Das meiste decken Sie ab mit: »Subjekt, Prädikat, Objekt«. Also keine Angst. Ran an den Speck.

Das Wichtigste beim Schreiben ist aber nicht das Handwerk. Das sind Sie. Esoterischer Quatsch? Eine Herausforderung! Bevor Sie schreiben, sollten Sie sich erst einmal klar darüber werden, wer Sie sind. Worauf es Ihnen ankommt. Wie Sie wirken wollen. Jeder von uns ist einzigartig. Warum sollten wir dann nicht auch einzigartig schreiben? Folgen Sie Ihrer Stimme!

Reicht es Ihnen, im Strom der anderen mitzuschwimmen? Sich anzupassen? Um bloß nicht negativ aufzufallen? Darauf werden viele Schüler in der Schule getrimmt. Und so erlebe ich sie später im Beruf. Sie kopieren Textbausteine ihrer Vorgänger und versuchen, so zu schreiben wie alle anderen um sie herum. Sie sind vor allem auf Sicherheit bedacht. Sie ärgern sich darüber, dass ihre Texte von Vorgesetzten verschlimmbessert werden, ändern aber nichts daran. Eine der wichtigsten Voraussetzungen für gutes Schreiben ist: Mumm!

Kann Schule das lehren? Jedenfalls kann sie dazu ermutigen. Statt das Gegenteil zu tun: Schüler zu uniformem Schreiben anzuleiten.

Das Allermindeste aber sollte sein, dass Schule das Handwerk des Schreibens nicht nur mal anspricht, sondern beibringt. Meine Recherche zu diesem Buch hat gezeigt: Die Schüler lechzen danach. Und auch viele Lehrer. Verrückt, dass ich das überhaupt ansprechen muss. Vor allem, da das Handwerk so schnell zu lernen geht. Vielleicht nicht in zwei Tagen. Aber bestimmt im Laufe der Schulzeit. Schreiben ist schließlich keine Wissenschaft.

Wenn Ihnen meine Tipps nicht reichen, besorgen Sie sich »Deutsch für Profis« von Wolf Schneider. Ich habe das Schreiben auch nicht anders gelernt. Das Buch gibt es seit 1984. Es wäre also Zeit genug gewesen, es in die Lehrpläne einfließen zu lassen. Warum ist das nicht geschehen? Vielleicht aus demselben Grund, weshalb der Wankelmotor keine Chance hatte.

Jetzt hängt alles nur noch an Ihnen.

I. Nehmen Sie Haltung an

Interessieren Sie die Leser vom ersten Satz an

Der Schriftsteller William Faulkner rät: ***»Schreiben Sie den ersten Satz so, dass der Leser unbedingt den zweiten lesen will – und dann immer so weiter.«*** Dieser Anspruch ist hoch. Ja und? Was ist falsch daran? Bemühen Sie sich wenigstens darum. Komplexes Thema? Faule Ausrede. Es gibt kein Thema, das sich nicht verständlich beschreiben ließe. Uninteressantes Thema? Suchen Sie danach, was Sie interessiert. Suchen Sie so lange, bis Sie es finden. Suchen Sie so lange, bis sie sich freuen, es endlich aufschreiben zu können. Wenn Sie sich nicht selbst an Ihren Zeilen erfreuen, wird es auch niemand anderes tun.

Schreiben Sie verständlich

»Wer's nicht einfach und klar sagen kann, der soll schweigen und weiterarbeiten, bis er's klar sagen kann.« Das sagt Karl Popper, den ich mit diesem Satz zum wiederholten Male zitiere. Eigentlich handelt es sich um eine Selbstverständlichkeit. Sie schreiben, um verstanden zu werden. Und Sie wollen doch wohl hoffentlich niemanden durch ihre elitäre Sprache beschämen. Kommen Sie mir jetzt nicht mit »adressatenorientiertem Schreiben«. Warum schwierig schreiben, wenn es auch einfach geht? Und es geht einfach. Immer.

Trauen Sie sich

Käuen Sie nicht einfach nur wieder, was Sie woanders gelesen haben. Dadurch machen Sie sich selber klein. Bereichern Sie die Welt mit eigenen Gedanken. Regen Sie an, regen Sie auf – umso mehr bewirken Sie. Oder wollen Sie etwa nichts bewirken? Dann lassen Sie das Schreiben lieber.

Seien Sie wahrhaftig

Es geht um wesentlich mehr als darum, nicht zu lügen. Das ist ohnehin selbstverständlich. Seien Sie darüber hinaus wahrhaftig. Begegnen Sie Ihren Lesern auf Augenhöhe. Verschweigen Sie nichts, in der maßlosen Selbstüberschätzung, nur Sie selbst seien in der Lage, die Wahrheit zu verkraften. Widerstehen Sie der Versuchung, schönzureden, schlechtzureden, zu übertreiben. Es fällt auf Sie zurück, wenn Sie so niveaulos sind.

Nehmen Sie sich nicht zu ernst

Wenn Sie mir nicht recht geben, dass wir Deutschen nicht schreiben können, dann haben Sie einen Knall. Wer FDP wählt, ist unsozial. Schalke 04 ist der geilste Fußballclub der Welt. Oder? Jeder von uns ist einer von rund 7,5 Milliarden Menschen. Warum sollte ausgerechnet ich recht haben? Lassen Sie Zweifel zu. Nehmen Sie sich selbst auf die Schippe. Dann haben Sie zwar immer noch nicht recht, wirken aber wenigstens erträglich.

Strengen Sie sich an

Sie haben das Handwerk des Schreibens erfasst. Sie nehmen sich vor, verständlich zu schreiben. Sie sind mutig. Wahrhaftig. Nehmen sich nicht zu ernst. All das hilft enorm. Und trotzdem gilt: Ohne Fleiß kein Preis. Strengen Sie sich also an: beim Stoffsammeln, beim Nachdenken und beim Schreiben.

II. Achten Sie das Handwerk

Schreiben Sie kurze Sätze

Die Nachrichtenagentur dpa hat mal 9 Wörter als die Obergrenze für die optimale Verständlichkeit eines Satzes genannt. Nicht jeder Satz sollte so kurz sein. Aber versuchen Sie, nicht mehr als 18 Wörter pro Satz zu schreiben. Sie werden staunen, wie Ihre Texte davon profitieren. Und damit Ihre Leser.

Schreiben Sie aktiv

Das Schöne an Tipps wie diesem ist: Sie führen nicht nur dazu, dass Sie handwerklich besser schreiben, sondern auch inhaltlich. Beispiel:

»Das vom Gesundheitsministerium vorgelegte Krankenhausstrukturgesetz sorgt für große Bedenken. Befürchtet werden Schließungen ganzer Einrichtungen und Einsparungen im Personalbereich.«

Klar, das ist hässlich. Das Passiv ***»befürchtet werden«*** zieht weitere hässliche Wörter nach sich, die schrecklichen »ung«-Wörter ***»Einrichtungen und Einsparungen«***. Der Beispielsatz ist noch aus einem weiteren Grund schlecht. Wer oder was befürchtet die ***»Schließungen«***? Passiv drückt sich.
Wenn Sie aktiv schreiben, erledigt sich das Problem von selbst. Sie müssen dann schreiben, wer etwas befürchtet und wer die »Schließung« vornehmen will. Also zum Beispiel so:

»Die Frankfurter Krankenhäuser kritisieren das von Gesundheitsminister Gröhe vorgelegte Krankenhausstrukturgesetz.

Sie fürchten, Personal entlassen oder sogar ihre Häuser schließen zu müssen.«

Reduzieren Sie Hauptwörter

Montessori-Schulen überall auf der Welt symbolisieren das Hauptwort als eine schwarze Pyramide. Verringern Sie die Zahl der schwarzen Pyramiden. Schreiben Sie keinen Satz mit mehr als 5 Hauptwörtern. Außer Sie wollen Hauptwörter benutzen, um sich dickezutun. Bastian Sick weist süffisant darauf hin: ***»Hauptwörter sind mächtig. Hauptwörter sind männlich.«*** Wenn Sie also ein mächtiger Mann sind – dann sollten Sie trotzdem Hauptwörter reduzieren. Zu viele Hauptwörter machen Sie unsympathisch.

Verwenden Sie Verben

Verben bewegen. Verben bedeuten Action. Verben heißen deshalb »Tu-Wörter«. Verwenden Sie Verben, wo Sie nur können. Ersetzen Sie vor allem Hauptwörter durch Verben, insbesondere die bereits erwähnten hässlichen Hauptwörter mit »ung« am Ende. Schreiben Sie statt ***»Ich habe die Erwartung«: »Ich erwarte«***. Schreiben Sie statt ***»Wir wollen die Senkung der Arbeitszeit«: »Wir wollen die Arbeitszeit senken«.*** Aber übertreiben Sie es nicht. Das Wort »Verfassung« sollte bleiben, wie es ist. Ersetzen Sie auch blutleere Hilfsverben wie »ist« und »gibt« durch Verben. Schreiben Sie nicht: ***»Der Wolf ist zurück.«*** Sondern: ***»Der Wolf streift wieder durch die Wälder.«*** Von mir aus lassen Sie ihn auch durch die Wälder ***»heulen«***.

Ziehen Sie das Verb nach vorn

»Die Schulbehörde hat den Plan, den Schülern ab sofort den Genuss von wertenden Adjektiven und Zuckerwasser, von Schachtelsätzen und Wurstbrötchen, von Fremdwörtern und Marshmallows, von mehr als fünf Hauptwörtern pro Satz und Steinschleudern zu erlauben.«

Was ist an diesem Satz nicht gut? Das wichtigste Wort steht am Ende des Satzes. Und das wichtigste Wort ist? Das Verb! Also ziehen Sie das Verb nach vorn. Etwa so:

»Die Schulbehörde will den Schülern ab sofort den Genuss von wertenden Adjektiven und Zuckerwasser erlauben sowie von Fremdwörtern und Marshmallows ...«

Die Leser wissen dann von Anfang an, was sie erwartet, und brauchen den Satz nicht zu Ende zu lesen.

Meiden Sie wertende Adjektive

Jemand fragt: ***»Wie war der Urlaub?«*** Sie antworten: ***»Schön!«*** Na toll. Da hat man aber viel von. Adjektive sind faul. Die Kunst des Schreibens besteht darin, etwas so zu beschreiben, dass sich die Leser oder Zuhörer ein eigenes Bild machen können. Wenn Ihr Zuhörer danach urteilt: ***»Oh, dann war's ja schön«***, dann haben Sie Ihren Job gut gemacht.

Lassen Sie Fremdwörter und Wortungetüme

Ja, das widerstrebt Ihnen. Durch solche Wörter weisen Sie sich ja gerade als gebildet aus – denken Sie. Beweisen Sie Ihre Bildung eher durch kluge Gedanken als dadurch, Ihren Lesern mutwillig oder gedankenlos das Lesen zu erschweren. Schreiben Sie statt ***»Austeritätspolitik«: »Sparpolitik«***. Statt ***»Selektoren«: »Suchbegriffe«***. Statt ***»Hausentwässerungsanlage«: »Regenrinne«***. Huch, das klingt dann ja gar nicht mehr intellektuell. Nicht Wörter zeigen, was man draufhat, sondern Gedanken.

Beherzigen Sie »Subjekt, Prädikat, Objekt«

Nehmen wir diesen stinknormalen Satz:

»Die von der EU-Kommission vorgeschlagenen neuen Maßnahmen sollen die Stärkung des digitalen Binnenmarktes, die Errichtung der europäischen Energieunion, Maßnahmen gegen Steuerflucht, eine Reformierung der Unternehmensbesteuerung sowie konkrete Schritte zum Bürokratieabbau der EU beinhalten.«

Wie lässt sich dieses Ungetüm möglichst schnell umformulieren? Sie grübeln? Müssen Sie nicht. Beherzigen Sie: Subjekt, Prädikat, Objekt. Fangen Sie einfach mit dem Subjekt an, dann geht es fast von alleine weiter. Das Gute daran ist, Sie setzen automatisch viele weitere Tipps um wie: sich kurz fassen, aktiv schreiben, Verben verwenden, Verben nach vorn ziehen, Hauptwörter und Wörter mit »ung« reduzieren. Der Satz lautet besser:

»Die EU-Kommission will den digitalen Binnenmarkt stärken, eine europäische Energieunion errichten, gegen die Steuerflucht vorgehen, die Unternehmenssteuern reformieren sowie den Bürokratieabbau einleiten.«

Gut ist dieser Satz deshalb noch lange nicht.

III. Glänzen Sie

Sprechen Sie die Sinne an

Wir Menschen haben mindestens fünf Sinne: sehen, riechen, fühlen, hören und schmecken. Klaus Kleber sagte im Heute-Journal: ***»Griechenland riecht nach Tränengas und klingt nach zersplitterndem Glas.«*** Sigmar Gabriel sagte als SPD-Parteichef sinngemäß: ***»Wir müssen wieder dahin, wo es laut ist, brodelt und stinkt.«*** Ich sage: ***»Eure Texte sollten wie die Handlinien von Siebzigjährigen aussehen, wie feuchte Erde riechen, sich wie ein fester Händedruck anfühlen, wie Sektkorken knallen, wie Meeresluft schmecken.«*** Oder so ähnlich.

Seien Sie anschaulich

»Es liegt eine aktuelle Studie mit 725 Teilnehmern aus dem Bereich der kognitiven Psychologie vor, in der nachgewiesen wurde, dass Menschen zu systematisch unterschiedlichen Beurteilungen neigen, wenn ihnen das moralische Dilemma in einer Fremdsprache anstatt in ihrer Muttersprache geschildert wird.«

So schreiben wir. Aber verstehen unsere Leser das auch? Und wenn ja, können wir es ihnen nicht leichter machen? Ein Tipp für gutes Schreiben lautet: Aktiv schreiben. Ein weiterer: Überfrachten Sie Ihre Sätze nicht. Und noch einer: Subjekt, Prädikat, Objekt. Wenn Sie das beherzigen, werden Sie das Beispiel möglicherweise wie folgt umschreiben:

»Eine Studie weist nach, dass Menschen unterschiedlich urteilen, wenn ihnen ein Problem in einer Fremdsprache anstatt in

ihrer Muttersprache geschildert wird. Das zeigt eine Studie mit 725 Teilnehmern aus dem Bereich der kognitiven Psychologie.«

Noch besser wäre: »Menschen urteilen unterschiedlich, wenn ihnen ein Problem in einer Fremdsprache anstatt in ihrer Muttersprache geschildert wird …«

Noch besser: ***»Sprache prägt die Moral. Menschen urteilen unterschiedlich …«***

Am allerbesten aber ist, anschaulich zu schreiben. Dann schreiben Sie vielleicht Folgendes:

»Stellen Sie sich vor, Sie stehen auf einem Bahnsteig. Ein Zug fährt ein, sechs Menschen liegen auf den Gleisen. Es gibt nur eine Chance, die sechs Menschen zu retten. Indem Sie einen alten Mann auf die Gleise schubsen, der vor Ihnen auf dem Bahnsteig steht. Tun Sie es? Eine Studie mit 725 Teilnehmern hat gezeigt: Menschen urteilen unterschiedlich, wenn ihnen ein Problem in der Fremdsprache anstatt in ihrer Muttersprache geschildert wird. Wer von diesem Problem in seiner Muttersprache hört, neigt weniger dazu, den alten Mann auf die Gleise zu schubsen.«

Erzählen Sie

»Ich kann aber nicht gut erzählen«, sagt Rumo, der Wolpertinger, in Walter Moers' Buch »Rumo & Die Wunder im Dunkeln«. Der Homunkel Ribesehl antwortet ihm: ***»Es ist ganz einfach. Lass einfach das Langweilige weg.«*** Stellen Sie sich vor, Sie säßen am Lagerfeuer statt am Schreibtisch in Ihrer Kanzlei. Hier kommt es nicht darauf an, wie Sie Ihre Krawatte gebunden haben oder wie Sie geschminkt sind, sondern nur darauf, ob Sie eine gute Geschichte auf Lager haben. ***»Es war einmal …«***

Schreiben Sie als Mensch, über Menschen, für Menschen

Schon heute können Computer Texte für Zeitungen verfassen. Manche dieser Texte sind nicht schlechter, als wenn Menschen sie geschrieben hätten. Viele sind sogar besser. Wollen Sie sich wirklich von Maschinen den Rang ablaufen lassen? Sie haben einen entscheidenden Vorteil: Sie sind ein Mensch. Geben Sie das beim Schreiben zu erkennen. Zeigen Sie sich. Und schreiben Sie über das, was Menschen am meisten interessiert. Sie selbst.

IV. Stellen Sie sich infrage

Fragen Sie sich abschließend, ob Ihr Text seinen Zweck erfüllt

Jeder Text hat einen Job zu erfüllen. Was ist der Job? Haben Sie ihn erledigt?

Haben Sie eine Überschrift, die zum Lesen reizt?

Wenn Ihnen zu Ihrem Text keine gute Überschrift einfällt, sollten Sie ihn wegschmeißen.

Lesen Sie sich Ihren Text laut vor

Bessern Sie überall da nach, wo Sie nicht flüssig gelesen haben.

Lassen Sie jemanden Ihren Text gegenlesen

Ja, das tut weh. Aber da müssen Sie durch.

Mehr ist es nicht? Klar, es gibt sicher noch viele weitere gute Tipps. Können Lehrer diese Tipps in der Schule leicht umsetzen? Natürlich. Sie müssen es nur wollen. Sie müssen dabei allerdings darüber hinwegsehen, dass es für diese Tipps keine Korrekturzeichen gibt. Korrekturzeichen sind unter anderem: R = Rechtschreibfehler. Gr = Grammatikfehler, Sb = Satzbaufehler, M = Modusfehler, W/Wh = Wiederholung, Fw = Fremdwort falsch gebraucht, Meth. = fachspezifische Methode falsch oder ungenau angewandt.

Aber welches Korrekturzeichen gibt es für Schachtelsätze? Oder für mangelnde Verständlichkeit? Oder langweiliges Schreiben? Oder für mangelnde Haltung? Keines. Und das ist auch gut so. Letztlich ist Schreiben Geschmackssache. Es geht beim Schreiben gerade nicht um richtig oder falsch. Was aber besser ist, das spürt man meistens ganz genau.

9 Zusammen-gefasst

9. Zusammengefasst

Vom Meister der Hauptsätze, E.A. Rauter, stammt der Satz: »Alles Überflüssige schadet der Aufmerksamkeit.« In diesem Sinne fasse ich mein Buch in Hauptsätzen zusammen, die ich gefettet habe.

Wir Deutschen können nicht schreiben. Das ist natürlich übertrieben. Aber stellen Sie sich nicht so an. Verstehen Sie diesen Satz als Weckruf. Mit »schreiben« meine ich, verständlich und wirkungsvoll zu schreiben. So, dass ein Text seinen Zweck erfüllt. Dafür muss er erst mal gelesen werden. Und wer will schon all diese hauptwortdurchsetzten, fremdwortgespickten, verschachtelten, viel zu langen Sätze lesen, mit denen wir uns seitenlang anöden und überfordern?

Lehrer können nicht schreiben. Diesen Satz hätte ich mich nicht getraut zu sagen, bevor ich für dieses Buch recherchiert habe. Lehrer selbst formulieren es aber in dieser Schärfe. Eine verblüffend einfache Erklärung dafür ist: Sie üben es nicht. Sie kritisieren nur. Außerdem geht es ihnen wie uns allen anderen auch: Sie haben es nie gelernt. In der Schule nicht. Und im Studium erst recht nicht.

Kein Wunder also, dass wir so schlecht schreiben. **Wir lernen Schreiben nicht.** Natürlich gibt es Ausnahmen. Journalistenschulen bringen es bei. Auch einzelne Lehrer. Sogar Schulen. Jedenfalls die Montessori-Oberschule in Potsdam, die das Geheimnis der Kraft von Verben lüftet. Die meisten Schulen lehren gute Sprache nicht. Für sie spielt keine Rolle, ob Schüler so schreiben, dass ihre Texte den Lesern gefallen. Ihnen reicht, wenn die Schüler einigermaßen Rechtschreibung und Grammatik beherrschen.

Der Schule kommt es auf gute Sprache nicht an. Das geben Lehrer zu. Das gibt das Institut für Qualitätsentwicklung im Bildungswesen zu. Am originellsten gibt es jemand von der Kultusministerkonferenz zu: »Es ist ein bisschen wie beim Autofahren. Viele fahren unendlich schlecht, aber unfallfrei. Das reicht uns.« Das zeigen auch die Bewertungsbögen für Klausuren. Laut einem dieser Bögen, der in diesem Buch abgedruckt ist, lassen sich maximal 112 Punkte erzielen, davon nur 9 durch gute Sprache.

Schlimmer noch: **Die Schule trainiert uns gutes Schreiben ab.** Ich weiß, das klingt polemisch. Ich hätte es selbst nicht gedacht, als ich angefangen habe, für dieses Buch zu recherchieren. Aber man muss sich nur mal durch die Musterlösungen für Klausuren quälen. Und sich die Anforderungen in den Bewertungsbögen anschauen. Die Schule zwingt uns in ein Korsett, das mit guter Sprache wenig zu tun hat.

Ein Grund dafür ist, dass die Noten möglichst gerecht sein sollen. Das setzt voraus, dass die Leistungen der Schüler objektiv bewertbar sind. Am besten geht das durch Multiple Choice und Fragen, die mit »richtig« und »falsch« zu beantworten sind. Und indem die Schüler nachweisen, dass sie anwenden, was ihnen die Lehrer beigebracht haben. Das alles lässt sich punktgenau benoten. Kreatives Schreiben dagegen nicht.

Sollte es deshalb besser keine Noten mehr geben? Dazu möchte ich mich nicht festlegen. Obwohl ich mich mit diesem Buch selbst von der Erkenntnis überzeugt habe: **Noten schaden der**

Sprache. Jedenfalls solange Noten weiterhin dazu führen, dass wir so uniform schreiben.

Das ist schlecht für Schüler, die Spaß an Sprache haben. Und schlecht für Lehrer, die als Pädagogen etwas auf sich halten. Sie sitzen über ihren Bewertungsbögen und zählen zusammen, wie viele Punkte sich die »Prüflinge« verdient haben. Ein Ausbilder für Lehrer sagte mir: »Den Lehrern wird das Genick gebrochen.« Ich würde es so sagen: **Lehrer haben zu wenig Spielraum.**

Was für die Schule gilt, gilt erst recht für die Uni. **Die Uni trainiert uns das gute Schreiben ab.** Sie zwingt den Studenten einen wissenschaftlichen Stil auf, der mit gutem Schreiben wenig zu tun hat. Elitär muss es klingen. Deshalb schreiben die Studenten verschachtelt, passiv, haupt- und fremdwortdurchsetzt. Ist ja auch einfacher. Muss man sich nicht so viel Mühe geben, verständlich zu schreiben. Mein Hauptsatz dazu lautet: **Wissenschaftliche Sprache ist faul.**

Einige Unis wissen um ihre schlechte Sprache. Deshalb empfiehlt die Uni Hannover in ihren »Tipps für wissenschaftliches Schreiben auf Englisch«: »Bilden Sie keine deutsch-ähnlichen Schachtelsätze.« In England dürfen die Studenten nicht nur gut schreiben, sie müssen es sogar.

Deutsche Professoren verteidigen sich damit, ihre wissenschaftliche Sprache sei präzise. Und richte sich nun mal an Experten. Sie könnten auch anders. Kann sein. Müssten sie mal beweisen. Viele wissenschaftliche Texte sind gerade nicht präzise. Insbesondere die geisteswissenschaftlichen. Sie lassen sich so oder so verstehen. Sie sind auf Sicherheit bedacht. Die Autoren wollen sich nicht festlegen. Deshalb haben sie Angst vor Hauptsätzen.

Ich haue jetzt einfach mal folgenden Satz raus: **Wissenschaftliche Sprache ist feige.**

Lässt sich das Problem beheben? Klar. Schreiben ist so schwer nun auch wieder nicht. Sie merken, jetzt eiere ich rum. Ich kann mich nicht zu dem Satz durchringen: **Schreiben ist leicht.** Dazu fällt es mir selbst zu schwer. Ich habe aber erlebt, wie gut Schüler schreiben, wenn man sie nur lässt. Ich habe erlebt, wie schnell sie besser werden, wenn man sie ermutigt, lebendig und anschaulich zu schreiben. Oder einfach nur: sie selbst zu sein.

Zudem: **Schreiben lässt sich lernen.** Natürlich. Also lasst es uns unseren Kindern beibringen. Schon in der Schule. Da ist am meisten Zeit dafür. Und wie? Schreiben ist keine Geheimwissenschaft. Zumindest Journalisten lernen, wie es geht. Also lasst uns schon an den Schulen lehren, was Journalisten lernen: für die Leser schreiben. **Ich bin für eine journalistische Grundausbildung an den Schulen.** Das heißt nicht, dass alle nur noch journalistisch schreiben sollen. Nur, dass sie wissen sollen, wie es geht.

Damit tun wir etwas für uns. Weil wir uns besser ausdrücken können und besser verstanden werden. Wir tun auch etwas für unsere Leser. Sie haben mehr von unseren Texten. Und wir tun etwas für unsere Demokratie. Weil wir Menschen nicht länger durch unsere Sprache vom sogenannten »politischen Diskurs« ausgrenzen und sie damit Populisten in die Arme treiben. Strengen wir uns an, einfach zu schreiben!

Ich habe längst nicht alle Fragen angesprochen. Schon gar nicht habe ich alle Fragen beantwortet. Vieles fordert Widerspruch heraus. Manches lässt sich vielleicht widerlegen. Vielleicht habe ich sogar einigen Stuss geschrieben. Mit geht es aber nicht darum, recht zu haben. Ich will eine gesellschaftliche Debatte anstoßen. Eine Debatte, die dazu führt, dass wir in der Schule lernen, besser zu schreiben.

Ihr seid dran.

Glück auf!

Literaturverzeichnis

Gibt's nicht.

Für mein vorangegangenes Buch hatte ich das noch brav gemacht. Ich habe schließlich studiert, Jura. Da macht man das so. Ich muss lachen, wenn ich daran denke, wie wir Studenten der Rechtswissenschaften bei unseren Arbeiten nach Zitaten aus möglichst vielen Büchern jagten. Um möglichst viele Werke in unserem möglichst langen Literaturverzeichnis auflisten zu können. Um unsere Belesenheit nachzuweisen.
Bei der Arbeit an diesem Buch habe ich sehr viele Bücher gelesen. Immer wieder kam mir der Gedanke, das ist doch mal ein originelles Werk für das Literaturverzeichnis.

Ich lasse das Literaturverzeichnis. Dadurch spare ich Zeit, und wir alle ersparen uns ein paar Seiten vorgeführter Gelehrsamkeit.

Das unterschreibe ich

Wir lieben Sprache. Wenn sie uns etwas erzählt, uns mitnimmt, uns bewegt. Wenn sie uns bereichert und vielleicht sogar begeistert.
Deswegen wenden wir uns gegen das Deutsch, das an unseren höheren Schulen und Universitäten gelehrt wird: verschachtelt, langweilig, elitär. Als wenn es nur darum ginge, Hochliteratur und wissenschaftliche Texte verstehen zu können. Sprache ist mehr als das. Wir brauchen sie. In unserem Alltag. In unserem Beruf.
Wir wollen so schreiben lernen, dass wir selber Freude daran haben. Dass man uns gerne lesen mag und dass wir etwas bewirken können. Wir wollen unser Talent und unsere Ausdruckskraft entwickeln, unsere Freude und Begeisterungsfähigkeit. Wir wollen uns nicht über einen Kamm scheren lassen. Sondern wecken, was in uns steckt.
Uns geht es auch um unsere Demokratie. Elitäre Sprache schließt aus. Wer sich nicht angesprochen fühlt, wendet sich ab. Wir wollen so schreiben, dass wir verstanden werden. Von allen.

Unterschrift

Impressum

1. Auflage September 2017
ISBN: 978-3-9817400-5-9

Autor: Markus Franz

Bestellungen: shop.correctiv.org

Publisher: David Schraven
Art Direction: Thorsten Franke / C4C creative GmbH
Realisation: Thorsten Franke / C4C creative GmbH
Fotos: Ivo Mayr
Druck: Livonia Print, Riga. Printed in Latvia

Kontakt:
info@correctiv.org
Huyssenallee 11, 45128 Essen